私は騎士になる……

古き掟の魔法騎士

The fairy knight lives with old rules

騎士は真実のみを語る

A Knight Tells Only the Truth

その心に勇気を灯し

Their Bravery Glimmers in Their Hearts

その剣は弱きを護り

Their Swords Defend the Defenseless

その力は善を支え

Their Power Sustains Virtue

その怒りは――悪を滅ぼす

And Their Anger...Destroys Evil

古き掟の魔法騎士Ⅱ

羊 太郎

ファンタジア文庫

3099

口絵・本文イラスト　遠坂あさぎ

The fairy knight lives
with old rules

アルヴィン

キャルバニア王国の王子。王家の継承権を得るために騎士となり、斜陽の祖国を救うべくシドに師事する

シド

“伝説時代最強の騎士”と讃えられた男。現代に蘇り、落ちこぼれの集うブリーツェ学級の教官となる

イザベラ

半人半妖精族の女性。古き盟約の下、キャルバニア王家を加護し、その半人半妖精としての力を貸す『湖畔の乙女』達の長

テンコ

貴尾人と呼ばれる亜人族の少女。アルヴィンの父に拾われ、アルヴィンとは姉妹同然に育てられた

STUDENT

クリストファー

辺境の田舎町の農家の息子。自ら味方の盾になったりとタフな戦い方を得意とする

エレイン

とある名門騎士出身の、貴族の令嬢であった。剣格が最下位であるが、座学や剣技は学校の中でトップクラス

セオドール

スラム街の孤児院出身であり、インテリな外見に似合わず、結構な不良少年。実はスリが得意

リネット

とある貧乏没落貴族の長女。動物に愛されるタイプであり、乗馬にかけては、ブリーツェ学級随一

KEY WORD

妖精剣

古の盟約によりて、人の良き隣人（グッド・フェロー）たる妖精達が剣へと化身した存在。騎士はこの妖精剣を手にすることによって、身体能力の強化や自己治癒能力の向上、様々な魔法の力を行使することができる。

ブリーツェ学級

キャルバニア王立妖精騎士学校に存在する、騎士学級の一つ。自由・良心を尊び、自分自身の信じる正義と信念を重視する。生徒傾向は、新設されたばかりの学級で、何ともいえないが、あえて言えば個性豊か。《野蛮人》シド＝ブリーツェの名前を冠する。

キャルバニア城と妖精界

王国建国時に、湖畔の乙女達や、巨人族の職人達が力を合わせて建造したとされる。

人や動物といった物質的な生命が生きる《物質界》と、妖精や妖魔といった概念的な生命が生きる《妖精界》という二つの世界が存在し、キャルバニア城は、その狭間に位置する。

序章　在りし日の落陽

天華月国。気高き狐の亜人族『貴尾人』達の国。

アルフォード大陸東方に存在する小国だが、豊かな自然に恵まれ、代々賢明なる帝の統治の下、独自の文化を築き上げた国だった。

私、亜麻月天狐は、そんな偉大なる帝様とこの国を守護する、武家の娘。

天華月国最強の剣士と謳われた母・天己の手解きの下、弱冠十歳ながら、剣士としての才覚を早くも露わにしていた。

だから、大人になったら、私は母のような立派な防人になって、帝様とこの国を守るんだ――そう信じて疑わなかった。

だが、そんな私の子供じみた自信と誇りは、あの日、完膚なきまで打ち砕かれた。

平和だった天華月国に、オープス暗黒教団の暗黒騎士団が突如、大挙して攻め込んできたあの日に――

「うわぁあああ――ッ⁉」

「ぎゃあっ⁉」

炎で燃え上がる宮廷内に散華する悲鳴、怒号、断末魔。

断続的に響き渡る剣戟、肉を斬る音、骨を断つ音。

空間に次々と無数に咲き誇るは、鮮やかな血華。散らばるは、人だったモノ。

私の眼前で、〝死〟が暴虐の黒嵐となって渦を巻いている。

その〝死〟の渦は、全身に黒鎧と黒の外套を纏った、一人の騎士の形をしていた。

忘れもしないのは、その兜に刻まれた十字傷。

息詰まる壮絶な存在感と闇のマナを漲らせた暗黒騎士が、禍々しい造形の大剣を旋風のように振るい、その一太刀ごとに、貴尾人の同胞達の命を刈り取っていく。

この帝様の宮廷を守るは皆、強く、誇り高き貴尾人の防人達だった。

私の憧れで、目標だった人達だ。

だが、その誰もが、その暗黒騎士ただ一人に敵わない。

その暗黒騎士の振るう大剣に、ぼろ雑巾のように蹴散らされていく。

たとえば、人が身一つで荒ぶる嵐や雷を封じ込められるか？

私の眼前で展開されている光景は、言わば、そういう類いの話だったのだ――

「……ぁ……ぁぁ……」

私は刀を握りしめたまま、それを見ている。

必死に戦う同族達が無惨に斬り捨てられていく様を、何もせず震えながら見ている。

びしゃ。同族達の血飛沫が私の顔を濡らしても、それを拭うことすらできない。

あちこちで火がかけられ、真っ赤に焼け落ちていく宮廷。

似たような地獄が、今、この宮廷のそこかしこで繰り広げられている。

遠く聞こえてくる、同族達と暗黒騎士達の戦いの喧噪、怒号、剣戟音、魂切るような悲鳴――殺戮と虐殺の祭囃子。それらがまるで別世界の出来事のようで――

気付けば。

「……あ」

その場には、私以外で息をしている貴尾人は、いつの間にか居なかった。

全員、血だまりに沈み、物言わぬモノと化してしまっている。

その中心に佇む暗黒騎士が、私を見た。

刹那、私の全身をからめとる、どす黒い殺意。死が誘う気配。

その十字傷が刻まれた兜のバイザーのスリットの奥から、私を値踏みするように睥睨する絶対零度の蒼眼。

その眼光が、私の心を、魂を、粉微塵に打ち砕いた。

「……ぁ……ぁ……ああああああああああ――ッ⁉」

小さい頃から母に鍛えられ、子供ながらに私は強いと思っていた。

帝様とこの国のために、この身を捧げるつもりである自分を誇らしく思っていた。

だが、眼前に強烈な死が迫り来たその瞬間、全ての自負や矜持は剝がれ落ちた。

「やだ……やだやだやだよぉ……ッ！」

私は刀を放り出し、無様に尻餅をついて後ずさりし、みっともなく泣きじゃくる。

戦おうという気など、微塵の欠片も起こらない。

恐い。この暗黒騎士が恐い。死ぬのが恐い。死にたくない。

そして、そんな私に、暗黒騎士が大剣を提げたまま、悠然と歩み寄ってきて……

「やだぁ！　お母さんっ！　助けて、お母さぁんっ！」

私が駄々っ子のように泣き叫びながら、首を振っていた――その時だった。

不意に迫る、風切音。

横合いから戦装束に身を包んだ貴尾人の女性が、長く白い髪を棚引かせながら現れ、地を蹴り空を舞って、暗黒騎士へ果敢に斬りかかったのだ。

「！」

暗黒騎士は、貴尾人の女性の鋭い剣撃を跳び下がって、かわし——

貴尾人の女性は、私を背に庇うように、優雅に地へ降り立っていた。

「天狐！　無事だったのね⁉　よかった！」

「お、お母さんっ⁉」

その貴尾人の女性は、私の母——天己。

この天華月国最強の武人であり、強く、優しく、私が心から尊敬している人。

今、一番会いたかった人の登場に、私の胸は一杯になる。

ああ、お母さんさえいれば、大丈夫……そんな安堵すら覚える。

だけど……

「……お、お母さん……？」

よくよく見たら、母は見るも無惨に満身創痍だった。いつも惚れ惚れするほど雅な戦装束はズタズタで、あちこち真っ赤に染まっている。

あれだけ強かった母が、ここまで傷ついている——その事実に、一瞬、忘れかけていた恐怖と不安がむくりと鎌首をもたげてくる。

「大丈夫よ、天狐！　あなたは……あなただけは守るから……ッ！」

母は荒い息を吐きながら居合いの構えを取る。眼前の暗黒騎士を見据える。

居合い抜きは、母の一番の得意技だ。一度抜けば、それをかわせる人は誰もいない。

あの暗黒騎士は、もう終わりだ。

だが、母のその手が震えているのは……気のせいだろうか？

そんなはずはない……だって、母に敵う人なんて、この世にいるはずがないんだから。

私が縋(すが)るように、祈るように、母の背を見つめていると。

「投降しろ、亜麻月天己」

対峙(たいじ)する暗黒騎士が、重々しく口を開いていた。

「貴様らが崇(あが)め奉(たてまつ)る帝や皇族は、皆、死んだ。俺が殺した」

「え……？」

暗黒騎士の言葉に、私は信じられないとばかりに、母を見上げる。

嘘(うそ)でしょう？　嘘だと言ってよ、お母さん。

そう問うように、私は母の足下に這(は)い寄り、その横顔を見上げる。

だが、暗黒騎士の言葉の真を証明するかのように。

「～～～っ！」

悔しげに表情を歪(ゆが)める母の目尻から、涙がボロボロと零(こぼ)れていた。

「天華月国は滅んだ。お前が戦う理由は最早(もはや)、どこにもない」

そんな打ち拉がれた母に追い打ちをかけるように、暗黒騎士が告げる。

「終わりじゃない！」

だが、母は泣きながら鮮烈に叫んだ。

「まだ終わってない！　私は何も守れなかったけど……この子だけは守るんだからっ！」

母が全身に裂帛の気合いを漲らせて、私をかばうように前へ一歩出る。

だが——そんな母の姿は、何故だろう？

なぜか、頼もしさより、蜘蛛の巣にかかってジタバタと藻掻く蝶の姿が被った。

「天狐、逃げて！　あなただけでも生き延びて！　この男は、私が食い止めるからッ！」

「お、お母——」

その瞬間、母の姿がまるで霞と消えるように突進した。

鋭い踏み込み、滑らかに回転する腰、清流のように淀みなく抜かれる刀。

ずっと憧れ、目指し続けてきた、母の剣——神速の抜刀術だ。

鞘を滑って爆発的に加速する斬撃が、銀の孤月となって暗黒騎士の首へひた走る。

かわせるはずがない。

母の剣をかわせる人など、この世界にいるはずがないのだ。

——なのに。

「愚かな」

次の瞬間、ぶんっ！　と。

母の背後に、背中合わせで剣を振り下ろした暗黒騎士が出現した。

「……ぁ……」

抜刀した後、いつもはピタリと残心する母の身体が、その時はまるで糸の切れた人形のように、ぐしゃりと虚空へ投げ出され、刀が手から零れ落ちる。

ぶしゃっ！　母の胸部が、派手に斜めに開き、残酷に美しく血華が開花する。

そして、母は血反吐を吐きながら、そのまま力なく地を転がるのであった。

「お、お母さぁあああんっ⁉」

私は、我を忘れて母へと駆け寄り、その身体に取り縋る。

母の身体に刻まれた傷は、明らかに致命傷。もう、助からない。

「やだ、お母さん！　し、しっかり……しっかりしてぇ！　こんなのやだぁ！」

そんな風に、ただただ泣きじゃくるだけの私に。

最早、死に逝くだけの母は、そっと震える手を伸ばし……私の頬に触れる。

「……ごめんね、天狐……守れなくて、ごめん……本当に……」

「嫌だよぉ！　死なないで！　私を置いて行かないで、お母さぁん！」

逃げもせず、戦いもせず。

私は、母の命を賭した願いすらも踏みにじって。

ただ母に取り縋り、子供のように泣き叫び続ける。

そして、暗黒騎士が、そんな無様な私の傍らに立って。

大剣をゆっくりと、振り上げて――


――。


「わぁあああああああああっ⁉」

その瞬間、私はベッドから跳ね起きるように、目を覚ましていた。

「きゃっ⁉」

すると、アルヴィンが小さく悲鳴を上げて、私の額に当てていた手を引っ込めている姿が、視界の端に映った。

「はぁ……ッ！　はぁ……ッ！　はぁ……ッ！」

寝汗で全身がびっしょりと濡れた不快感。

静寂の中、唯一うるさい自身の心音を感じながら、私は周囲を見回す。

ここは、キャルバニア城・下層階北東にあるブリーツェ学級寮塔の、私の部屋だ。

天蓋付きのベッドや机、クローゼット、暖炉に絨毯といった、全室共通の調度品の他には、特筆すべきものは何もない。

奥の格子窓の外はやや薄暗い。まだ日の出前の早朝のようだ。部屋の隅に設置された機械式柱時計の針も、それを証明している。

壁掛け式のキャンドルには魔晶石が据えられており、その魔晶石が放つ魔法の光が、日の出前の薄暗い室内を淡く照らしていた。

しばらく呼吸を整えた私は、隣で目を瞬かせているアルヴィンに問う。

「え、ええーと……アルヴィン？　こんな早朝に、一体、何の用ですか？」

見れば、アルヴィンはキャルバニア王立妖精騎士学校の従騎士制服に、ぴしっと身を包んでいる。授業にはまだ早過ぎる。

「……テンコ、大丈夫？」

すると、アルヴィンが心配そうに、私の顔を覗き込んできた。

「今日から、皆よりも早く起きて、個人的な早朝特訓をするんでしょ？　それに付き合ってくれって、君が僕に頼んで……」

「あ」

そんなアルヴィンの指摘に、胡乱(うろん)だった意識が一気に覚醒した。

「す、すすす、すみません、アルヴィン！　私としたことがっ！」

私は寝間着を脱ぎ捨てて、下着姿になりながら、クローゼットへと駆け寄って……

「い、今すぐ、準備しますからっ！　五分だけ待って——って、ひゃああああっ⁉」

……足をもつれさせ、絨毯の上に盛大に転んでいた。

「あはは、落ち着いて、テンコ。ちゃんと待つから」

アルヴィンは苦笑いしながら、私に手を差し伸べ、助け起こす。

「うぅ……す、すみません、何から何まで……」

私は気恥ずかしさと申しわけなさで一杯になりながら、クローゼットを開く。

そして、いそいそと従騎士(スクワイア)の制服に着替え始めた。

「それにしても……テンコ、今朝はまた随分とうなされていたね」

私が制服の袖に腕を通していると、アルヴィンがどこか神妙そうに聞いてくる。

「さすがにもう、子供の頃のように君と一緒に寝ることはなくなったけど……やっぱり、君は今でも、あの時のことを夢に見るのかい？」

「……たまに」

嘘である。なぜか最近はしょっちゅう夢に見る。

そして、私の返答の微妙な抑揚の変化から、私の内心を見透かしたらしい。

アルヴィンは、心配するような表情で言った。

「やっぱり、最近の君は少し疲れているんだよ。ほら、最近、君は特に根を詰めて、鍛錬に励むようになっただろう？　だから——」

「だ、大丈夫ですよっ！」

そんなアルヴィンの言葉を塞ぐように、私は声を張り上げた。

「私は騎士になるんですっ！　だから、私は、もっと、もっと、今以上に頑張らないといけないんですっ！　アルヴィンだってそう思うでしょう⁉」

「そ、そんなことは……僕は……」

アルヴィンは複雑そうな表情で口ごもっている。

私は、そんなアルヴィンに畳みかけるようにまくし立てた。

「大丈夫！　大丈夫ですから！　そんなことより、着替え終わりました！　さぁ、行きましょう！　私は今日も一生懸命頑張ります！　この毎日の努力が、一歩一歩、私を真の騎士へと近付けるんですっ！　さぁ——」

そう言って。

私は、どこか物言いたげなアルヴィンの背を押し、部屋を出るのであった——

──そう。
私は騎士にならなければならない。
この国を守るために。アルヴィンを守るために。
立派な騎士にならなければならない。
だから、多少の無茶なんて気にしていられない。
泣き言なんて言っていられない。
だって、私は、騎士になるのだから。
でも──……

第一章　伸びゆく生徒達

夜が明けて、日が上がる。

今日も、キャルバニア王立妖精騎士学校ブリーツェ学級（クラス）の一日が始まった。

ここはキャルバニア城の裏側の世界——妖精界・第一層《陽光ノ樹海》。

緑と生命溢（あふ）れる樹海の中に、ぽっかりと広く開けた空間。陽光降り注ぐ野原に、アルヴィンらブリーツェ学級（クラス）の一年従騎士（ファースト・スクワイア）達の姿があった。

アルヴィン以下全員、疲れ切ったように荒い息を吐き、自身の妖精剣を杖（つえ）代わりにして縋（すが）り付き、今にも倒れそうな身体を支えている。

そんなアルヴィン達の中心に——

「ほらほら、どうした？　お前達。もっとかかって来い」

黒髪黒瞳、痩肉（やせじし）ながら骨太の精悍（せいかん）なる青年——ブリーツェ学級（クラス）の教官騎士シドが、無手で悠然と佇（たたず）んでいた。

シドは、自分の周囲でへばっているアルヴィン達へ、挑発するような、それでいて好々（こうこう）

爺が可愛い孫達でも見守るような穏やかな表情で言い放つ。

「そんなものか？　その程度か？　違うだろ。お前達はまだやれるはずだ」

そんなシドの叱咤に、アルヴィン達が歯を食いしばって顔を上げる。

そして──弾かれたように、皆一斉に動いた。

「うぉおおおおおお──っ！」

最初に、シドの間合いへ踏み込んだのは、ブラウンの髪の少年クリストファーだ。

大剣型の緑の妖精剣を両手で振りかざし、シドへ果敢に斬りかかる。

技も何もあったものじゃない。力任せに、我武者羅に振り回す大剣の連撃だ。

当然、シドには掠りもしない。シドはふらりと身体を傾けて外し、ちょいと大剣の腹を指で突いて斬撃の軌道を逸らす。

クリストファーの獅子奮迅の攻めを、シドはことごとく捌きながら言った。

「ほう？　疲れ切っているはずなのに、力がほとんど落ちてないな？」

「だぁあああああああああああ──ッ！」

そんなシドへ追い縋るように、クリストファーは上中下段へ三連撃。

「ふむ、やっぱりお前は、この学級で一番、長く息が続く。良いことだ。長く続く息は騎士にとって一番重要な能力だ」

「くぅぅぅうっ⁉　でぇああああああああ――ッ！」

ぶんっ！

クリストファーが大上段から振り下ろした一撃を、シドはすっと半身で避けて――カウンターの拳を、ガラ空きになったクリストファーの胸部へと撃ち込む。

衝撃が、クリストファーを襲うが――

「む？」

シドの拳が捕らえたクリストファーの胸部には、石の板が鎧のように貼りついていた。

「へっ！　これが俺の新魔法ッ！　緑の妖精魔法【石鎧】だッ！」

クリストファーが得意げに叫び、シドへ向かって大剣を振り上げて――

「……なるほど」

するとその刹那、シドが呼吸と共に、さらにほんの少しだけ踏み込み――

だんっ！　地を震わす震脚と共に、そのまま、５センツだけ拳を前に突き出す。

「ぐえっ⁉」

その衝撃で、クリストファーの胸部を守る石板は粉々に砕け散り、その身体は後方へ弾かれたように吹き飛んでいった。

「剣技はまだ見られたもんじゃないが、その防御力とタフさは買えるぞ？」

吹き飛ぶクリストファーへ、シドがそんな賞讃（しょうさん）を贈っていると。

「はぁああああああああ――っ！」

シドの右方から、灰色の髪のツインテール少女エレインが。

「い、行きますぅ――ッ！」

シドの左方から、緩くウェーブがかかった亜麻色の髪の少女リネットが。

それぞれの妖精剣を手に、挟み撃ちでシドへ襲いかかった。

「いい連携だ」

対し、シドはエレインの斬撃とリネットの刺突を、手の甲で悠然と捌く。

「くぅううう――ッ！」

負けじと切り返し、さらにシドへと踏み込むエレイン。

エレインの妖精剣は、片手半剣型（バスタード・ソード）。青の妖精剣だ。

元々、良家の貴族のお嬢様で幼い頃から騎士になるための修練を積んでいたためか、その剣技は、農家出身のクリストファーとは比べ物にならないほど洗練されている。

中段（フルーク）の構えから、無駄のない動きで自在に斬り込んでくる。

「や、やあああっ！」

一方、リネットの妖精剣は槍型（やり）。緑の妖精剣。

生来の臆病な性格のためか、間合いが重要な槍術としては、いまいち踏み込みが足りないことも多いが、よく鍛錬されたその技量自体は悪くない。

真っ直ぐ突き、払い、くるりと柄を回転させて、石突きで叩き付ける。

だが、そんな二人の少女の攻撃は、やはりシドには掠りもしない。

ゆらゆらとシドが身体を振るだけで、息の合った二人の少女の連携の悉くが、虚しく空を切るばかりだ。

「逆に、お前達の技は教科書通り過ぎるな」

「なんの、ここからですわっ！　我が現身を覆い隠せ！」

シドへ斬りかかりながら、エレインが古妖精語で己が妖精剣へ語り掛けた。

青の妖精魔法【霧隠れ】。エレインの刀身から突如発生した濃密な霧が渦を巻き、シドの視界からエレインの姿が霧に解け、完全に消えてしまう。

その瞬間――

「――ッ⁉」

不意に、シドが身体を不自然に横転させて、その場を跳び離れる。

予想外の角度と軌道から、エレインの姿なき剣が襲いかかって来たからだ。

「なるほど……目視できる時は、教科書通りの剣を。目視できなくなったら、変則的な剣を、か。なかなか策士で技巧派じゃないか、エレイン」

「わ、私もっ！　木の葉を舞い踊らせよ（レトリフスダンシン）！」

リネットもくるりと槍を回転させながら、古妖精語（エスピリッシュ）で叫ぶ。

緑の妖精魔法【木の葉舞い】。どこからともなく、大量の木の葉が宙を舞い、吹雪のようにシドへ襲いかかる。

「む？　これは――」

舞い上がる木の葉は、シドの目や肌など、全身にベタベタ張り付いていく。絶えずガサガサと音を立てて、シドの五感を狂わせていく。

「今ですわ！」

「お願いします、セオドールさんっ！」

シドの間合いから跳び離れて離脱しながら、エレインとリネットが叫んだ。

「――わかってる！」

すると、後方――少し離れたその場所には、金褐色の髪の眼鏡少年が、ウィルを燃やしながら、妖精剣を構えている。

セオドールの妖精剣は小剣型（ショート・ソード）。赤の妖精剣。

一年従騎士（ファースト・スクワイア）の中では、トップクラスの剣技を誇るものの、白兵戦をするにはあまりにもリーチの短い妖精剣のお陰で、その自慢の剣技が死んでいたセオドール。

だが、最近、彼は修練を重ね、新しい戦闘スタイルを確立させつつある。

それは――

「渦巻く炎舞で燃やし尽くせ――ッ！」

セオドールが剣を振るうと、刀身から炎が発せられ、それが嵐となって渦を巻き、シドが居た場所を呑み込んで焼き払う。

四散する熱波、火の粉、火柱が上がり天を衝く。

赤の妖精魔法【炎嵐】。

即ち白兵戦を捨て、遠距離火力支援。それがセオドールの得た答えだ。

「やりましたわ！　ついにシド卿に一撃入れましたわ！」

その光景を前に、エレインが嬉しそうにガッツポーズをする。

「で、でもでも……これはいくらなんでもやり過ぎでは……ッ!?」

どこかおどおどと、リネットが言う。

「だけど、このくらいやらなきゃ、あのシド卿に当たるもんか」

セオドールがそう鼻を鳴らして、眼鏡を押し上げた……その時だった。

「いや、まったくだ」

くるっ。そんなセオドールに、横から腕を回して肩を組む者が居た。

にっと、悪戯坊主（いたずらぼうず）のように屈託なく笑うシドだった。

「より正確には、〝このくらいじゃ、まだまだ当たってやれない〟、だがな？」

「な――ッ⁉」

「嘘（うそ）……」

「ひ、ひいいいい⁉　いつの間に⁉」

いつの間にかセオドールの隣に現れたシドの姿に目を剝（む）く、生徒達。

「それにしても、やるじゃんか、リネット。魔法で俺の五感を狂わせて、セオドールの魔法発動のタイミングを隠すとは」

「クソッ！　**渦巻く炎舞（フレイス）で――**」

一早く立ち直ったセオドールが、シドへ切っ先を向けて、古妖精語（エスピリッシュ）を叫ぼうとするが。

「おっと」

「う、うわぁあああああ――ッ⁉　げほっ⁉」

シドは片手一本で、セオドールを投げ飛ばす。

背中から激しく地に叩き付けられたセオドールを残し、シドが霞（かす）み消えるように動く。

「きゃあっ⁉」

瞬間移動のように、エレインの背後に現れ、手刀をその首筋に振り落とす。

がくんと膝を落とすエレインを残して、再びシドが消えて。

「ひゃあああああああ⁉」

刹那、瞬(まばた)き一つの間に、シドはリネットの胸部に掌打。

ぽーんっ！　と綺麗(きれい)に吹き飛ばされ、地をコロコロと転がっていくリネット。

「セオドールの火力は良い。いずれ、この学級(クラス)の欠かせない切り札になるだろうな。エレインは妖精魔法を効果的に応用する機転があるし、リネットのサポート魔法は放っておけば、かなり厄介だ。そして――」

コキコキと首を鳴らすシド。

そんなシドへ――

「はぁあああああああああ――っ！」

機を見計らっていたアルヴィンは、真正面から激風を纏(まと)って突進していた。

細剣(レイピア)型の妖精剣を引き絞るように構え、真っ直ぐにシドへ踏み込み――刺突を放つ。

「ほう？」

シドはそんなアルヴィンを悠然と見据え――左の掌(てのひら)をアルヴィンへ向ける。

アルヴィンが放った刺突が、シドの掌の中心を捉える。

その切っ先には、アルヴィンが全霊で燃やしたウィルが漲っている。

ゆえにその瞬間、掌と切っ先が、真っ白なマナの火花を上げて明滅した。

「──ふっ！」

アルヴィンは切っ先を引き、シドから跳び離れて間合いを取る。

軽くステップを踏みつつ、細剣を構えながら、シドへ打ち込む隙を窺った。

シドはしばらくの間、切っ先を受けた左の掌を握ったり開いたりしながら、眺めていて
……やがて嬉しそうに、ニヤリと笑った。

「やはり、アルヴィン、お前のウィルの出力は、学級の他の連中と比べて頭一つ以上抜けてる。単純にウィルが強いというのは、それだけで武器だ」

そして、今まで泰然と佇むだけだったシドが、ここで初めて構えらしきものを取る。

身体は半身に、やや猫背に。左の拳を前に。右の手刀を顎付近に。

「お前は本当にアルスルに似ているな。あいつもウィルの申し子みたいなやつだった」

「似ている……ご先祖様……聖王アルスルに……」

シドの言葉を、アルヴィンは少しだけ嬉しそうに復唱する。

だが、やがて、きっと表情を引き締め、シドを見据えた。

「つまり、僕はまだまだなんですね？」

しかし、そう言うアルヴィンの瞳に、悲壮感や鬱屈したものはまるでない。

己が前に立ちはだかる高い壁に挑もうとする、真っ直ぐ気高い意志の火が、静かに燃え上がっているだけだった。

「当然だ、我が主君。その程度で満足してもらっちゃ困る」

そんなアルヴィンの様子を見て、シドが満足げに頷いた。

「〝似てる〟。そんな評価が嫌なら、もっと高みに至ってみせろ。あいつの姿がお前に被らないくらい、お前なりの騎士としての武の極みを、いつか俺に魅せてみろ」

「語るに及ばず、です！」

そう言って、アルヴィンは特殊な律動で、大きく息を吸う。

強い意志を持って、魂を燃やす。

全力で捻出したマナを全身の隅々にまで通し、行き渡らせ、そして――

「今日も胸を貸していただきます！　はぁ――っ！」

――乾坤一擲の気迫で、シドへと斬りかかるのであった。

疾風のように霞み動くアルヴィンの姿。

放つ真っ直ぐな刺突、苛烈な切り払い、フェイント一つ入れて下段からの猛撃。

「ふ――」

全身でぶつかってくるような勢いのアルヴィンの攻撃を、シドはひらりひらりと、捌いていくのであった。

——と、そんなアルヴィン達の姿を。

「……はぁ……はぁ……」

テンコはただ一人、遠くから眺めていた。

重たい金属の全身鎧を身に纏い、この野原の周囲を一人、ひたすら走っている。

テンコは、シドを中心とした実戦方式のかかり稽古には加わらない。

より正確に言えば……加わることを、シドから許可されていない。

なぜなら、テンコは——……

「ぜぇ……ぜぇ……」

……走る。……走り続ける。

相変わらず全身鎧は凄まじい重量で、テンコの身体を押さえつける。息は上がり、心臓は激しく拍動し、鉛のような疲労が絡みついてくる。

重い。苦しい。辛い。

だが、最近、テンコは全身鎧の重量がもたらすものとは、また別種の重さと苦しさを、この訓練中に感じるようになってきた。

それはあまりにも重すぎて、テンコは今にも押し潰されそうになるのだ。

(アルヴィンも……皆も……どんどん先に行ってる……)

見れば、倒されて地に転がっていた他の生徒達が、よろよろと立ち上がり、シドへ再び全力で挑みかかっている。

今のテンコには、そんな彼らの姿がとてつもなく遠くて……

(……ひょっとしたら、私はずっと、このまま先に進めずに……?)

疲労で弱った心に忍び込む、想像したくない未来。可能性。

無意識のうちに、テンコの走る速度が減速していく。

猛烈な不安が、鉛のように重たい身体を支える両足を一瞬萎えさせて——

ばしんっ！

テンコは自分の両頬を両手で挟み込むように叩き、ぶんぶんっ！　と顔を振った。

「……なんの、まだまだ……ッ！」

ぐ、と歯を食いしばり、萎えかけた足を叱咤する。

そして、しっかりと前を向いて、再び勢いよく息せき切って走り始めた。

「努力が……努力が足りないだけですッ！　シド卿だって……師匠だって言ってたじゃな

いですかッ！　誰でもできることだって……だから……ッ！」

——今は、自分にできることをやる。

一歩、一歩、進む。

焦(あせ)るな。腐るな。諦めるな。そう自分へ必死に言い聞かせて。

「……私は……絶対に……騎士に……なるんだから……ッ！」

テンコはひたすら一人、走り込みを続けるのであった——

——。

キャルバニア王立妖精騎士学校の一日は、午前の六つ鐘——即ち六時に始まり、音程が変わる午後の五つ鐘——即ち十七時に終わる。

一日の教練は『早朝教練』、『午前教練』、『午後教練』の三部に分かれており、これは四つの学級(クラス)——デュランデ学級(クラス)、オルトール学級(クラス)、アンサロー学級(クラス)、ブリーツェ学級(クラス)共通だが、どんな教練をどういう形で行うかは、各学級(クラス)ごとに特色が出る。

座学と戦闘訓練をバランス良くカリキュラムに取り入れる学級(クラス)もあれば、ひたすら戦闘訓練のみに一日を費やす学級(クラス)もある。

その辺りは各学級が重んじる理念と、指導する教官騎士の方針次第である。

こうして、一日の厳しい教練が終わると、十七時からは自由時間だ。

生徒達は各学級ごとの寮塔内で入浴を済ませ、武具などの手入れや整備を行って。

そして――


「お、来た来た！ アルヴィン、こっちだ、こっち！」

アルヴィンがキャルバニア城上層階にある王家の居館で入浴を終えて身支度を整え、下層階にある妖精騎士学校区画の大食堂にやって来ると、そこでは長テーブルの一角を陣取ったブリーツェ学級の面々が待っていた。

「ああ、遅くなってごめん、皆」

アルヴィンは足早にそこへ向かい、空いている席に着く。

この大食堂は四つの学級の生徒達を全員収容して余りある、実に広い間取りを誇っている。食堂内には等間隔に長テーブルが並び、燭台が設置され、蝋燭に火が灯っている。

天井付近にはシャンデリアと共に、鬼火妖精達がふよふよと可愛らしく漂い、大食堂内を明るく照らし上げていた。

「しっかしまぁ、アルヴィンは王子様だからしゃーねぇとはいえ、いっつも城の居館で一人で風呂入ってるよなぁ？」

　隣に座るクリストファーが、アルヴィンの肩をバシバシ叩きながら言った。

「たまには、寮塔の浴場で俺達と一緒に風呂入らねえ？」

「あ、あはは……それは……」

　アルヴィンが曖昧に言葉を濁していると。

「まったくもう、これだから宮廷作法を知らない平民は。アルヴィンのような高貴な御方が、召使いもなく、下々の者と入浴を共にするわけありませんでしょう？」

　エレインが、ツインテールを指でくるくる弄びながら、呆れたように言った。

「でも、男同士裸の付き合いってやつあんじゃん？　仲間なんだしよー？」

「確かに、同じ学級の仲間かもしれませんが、アルヴィンは王家の人間なのですわ。高貴なる者はそれに相応しい立ち居振る舞いが常日頃要求されるのです。この共同生活に於いても、そこはきちんと線引きを致しませんと、王族としての権威にきずが――」

　エレインが指を立てて、うんぬんかんぬんと説教を始めようとすると。

「ま、まぁまぁ、二人とも落ち着いて」

　アルヴィンがやんわりと止めに入った。

「身分はともかく、仲間同士でそういう付き合いが大事なのは、僕もわかるよ。ただ、ほら……前にも言ったけど、僕、人にあまり肌を見せたくなくて……」

「あっ！　そういえば、アルヴィンって子供の頃の落馬事故で、背中に結構、酷(ひど)い傷痕があるんだったっけか？」

思い出したクリストファーが気まずそうに頬をかく。

「うん……だから、その……ごめんね」

「つーか、すまねぇ、すっかりその話、忘れてたぜ」

と、そんな風にアルヴィン達が話していると。

「ははは。そんなことより、そろそろ夕食にしようぜ？　さすがに俺も腹が減った」

長テーブルの端で、頭の後ろで手を組み、足を交差させて席についているシドが、素知らぬ顔でそう促していた。

「それに、そんなに男同士裸の付き合いがしたけりゃ、俺が付き合ってやるさ」

「え!?　い、いや……その……シド卿(きょう)はいいっす……」

「なぜだ？　そう哀(かな)しいこと言うなって。いくら俺でも傷つくぜ？」

「なぜって……そりゃ、その……傷つくのは、むしろ俺っていうか……男として自信、なくなるっていうか……色々と……」

「……？」

ぼそぼそと、淀んだ目で零すクリストファーの呟きに、キョトンとするシド。

「……ッ！」

「〜〜〜ッ！」

途端、何かを察したエレインが顔を真っ赤にして俯いて押し黙り、リネットは同じく顔を真っ赤にしながらも、チラチラと横目でシドの様子を窺っている。

「なんなんだ、この空気」

そして、そんな一同を前に、セオドールが呆れたように肩を竦めるのであった。

なんだか微妙な空気になってしまったとはいえ、一応、話題はアルヴィンの入浴から逸れたようである。

諸事情により、アルヴィンは性別を偽って王子を名乗っている。

イザベラの魔法の力で、ちょっとやそっとではバレないようにしてはいるが、生徒として共同生活をする以上、こうした問題にはこと欠かない。

だから、事情を知ってフォローしてくれる人が必要不可欠なわけだが……

（……今の……気を遣ってくれたのかな……？）

アルヴィンがちらりと、シドを横目で追う。

泰然と構えるシドはいつも通りで、その真意は見透かせそうにない。

だが、なんとなく、そこにシドがそうしていてくれるだけで、アルヴィンは頼もしさと安心を感じるのであった。

(あれ……？　でも……)

ふと、アルヴィンは気付く。

こういう時、いつもなら真っ先に気を遣って助け船を出してくれるはずの友人が、一言も口を差し挟まなかったことに。

「……テンコ？」

アルヴィンが目を向けた先には、テンコがいた。

「…………」

テンコは、ちょこんと小さく腰かけ、目の前のテーブルクロスを見つめていた。

どこかぼんやりとしており、様子がおかしい。

「……どうしたの？」

気になったアルヴィンが、テンコに声をかけようとすると。

「おおっ！　来た、来たぁ――ッ！」

不意に、張り上げられたクリストファーの声に、それは遮られた。

見れば、体長30センツほど、全身茶色い毛むくじゃらの小人――家事妖精達(ブラウニー)が、食器や料理の載った大皿を頭の上に載せて、ぴょこぴょこやって来ていた。

彼らは、アルヴィン達が囲む長テーブルの上に料理を並べ始める。その愛らしくもどこか鈍臭そうな外見とは裏腹に、テキパキと手際良く夕食の準備を整えていく。

やがて、配膳が終わると、家事妖精達はまるで人前に出るのが恥ずかしいと言わんばかりに、一斉に、ぴゅ～っとどこかに逃げていき、あっという間に姿を消してしまった。

「……料理も来たし、さっそく食べようか」

どこか様子のおかしいテンコを問い質すのは後にし、アルヴィンはそう一同を促す。

こうして、ブリーツェ学級の夕食が始まるのであった。


「いやぁ。しかし、相変わらず、この時代のメシは美味いなぁ」

シドが嬉しそうに、がつがつと食事を貪っている。

パンをほおばり、肉を噛み千切り、果物に手を伸ばしてがぶりと噛み付く。

「「「「…………」」」」

だが、アルヴィン以下、ブリーツェ学級の生徒達はどこか複雑な表情だ。

まるで事務作業のように、淡々と食事を取っている。

「……そういえば、以前から思ってたんだが」

そんな生徒達の様子をふと疑問に思ったシドが、大皿から切り分けた鶏肉をライ麦パンに挟んで、かじりつきながら問いかける。

「お前達はどうも、ここの食堂の食事が不満なようだな？　なぜだ？　こんなに毎日、毎日、宴会のようなご馳走が出てくるっていうのに」

「ご馳走……？　ご馳走というか……」

アルヴィンがちらりと眼前に並ぶテーブルを見る。

バスケットにはライ麦パンが山と積まれている。食べ放題ではあるがやたら硬い。

大皿には、ローストされただけの骨付き肉が大量に積まれている。塩と香辛料で味付けされただけで、おまけにあんまり良い肉ではないらしく、やっぱり硬い。

そして、やはり、塩で味を調えただけの、冷めた野菜と豆のスープの大鍋。

葡萄や林檎、柑橘など、まるのままの果物が積まれた大皿。

要するに、一言で述懐すれば、

「〝雑〟なんですよね、僕達の食事……いかにも適当に作りました～感が……」

そんな苦笑いするアルヴィンの言葉を肯定するように、一同、なんとも言えない表情で頷くのであった。

「その……たまに食べるのでしたら、このような簡素な食事も悪くないのですけど……」

「……毎日、こういう簡単な食事ばかりだと、その……」

「量だけは、見てて胸焼けするほど、出てくるんですけどね……」

曲がりなりにも、貴族の子女であるエレインやリネットは、我慢ならないらしい。ため息を吐きながら、控えめに食事をしている。

「つーか、ぶっちゃけ不味い。今時、農家の食事だって、もっと美味い。むしろ、俺のほうが美味く作れる」

「…………」

クリストファーの総括に、セオドールが無言で果物をナイフで切り分け、口に運んだ。

「……バカな」

シドはスープの大皿を摑んで、ず～っと一気に飲み干すと。

二千騎の幽騎士を前にも崩れなかった泰然さを崩し、まるで絶望的な死地に挑むような表情で呻いた。

「……だって、これ、パンだろ？　ちゃんと麦で作られたパン」

「えーと、パンって、そもそも麦で作るものでは？」

「それに、肉が出ている。それも、ちゃんと、牛、豚、鶏……まともな肉だ」

「えーと、まともじゃない肉って、なんなんでしょう？」

「そもそもここは、朝、昼、夜、一日三食、欠かさず食わせてくれるよな？」

「あっ、ハイ」

「ならば、一体、何の不満がある？」

「むしろ、一体、かつてのシド卿はどんな食生活を？」

どこまでも真剣なシドの表情に、アルヴィンは曖昧に笑うしかない。

「しっかし、ホント、マジでなんとかならないもんかねぇ？」

クリストファーが嫌そうに肉をかじりながらボヤいていると、セオドールが淡々と食事を続けながら、口を挟んだ。

「ガタガタ言っても仕方ないだろ。今、家事妖精（ブラウニー）達の僕達ブリーツェ学級（クラス）への待遇レベルは最低ランクなんだからな。この待遇が嫌なら、さっさと功績点（ポイント）を稼ぐしかないだろ」

「……功績点（ポイント）？」

シドが肉を切り分ける手を止め、問いを投げる。

「そういえば、この一ヶ月間、お前達の間で度々その言葉が出てきたな。その功績点（ポイント）ってなんなんだ？」

「ああ、それは……そういえば、まだ説明してませんでしたね」

アルヴィンが改まって、説明を始めた。

「功績点（ポイント）というのは、各学級（クラス）へ定期的に発令される『課題（クエスト）』の成果に応じて賞与される、学級（クラス）ごとの得点みたいなものなんです」

するとアルヴィンが懐（ふところ）から袋を取り出し、その中身をテーブルの上に開けた。

すると、中から同じ形にカットされた黄色の結晶が、数個零れ落ちる。

「マナの力を感じるな……むしろ、マナの結晶か？　それが功績点（ポイント）とやらか？」

「はい」

興味津々（きょうみしんしん）といった感じで、結晶を摘まみ上げるシドへ、アルヴィンが頷く。

「このキャルバニア王立妖精騎士学校において、この功績点（ポイント）は、非常に重要な意味を持ちます。たとえば、この学校内にはたくさんの家事妖精（ブラウニー）達が住んでいて、食事の用意や教室や寮内の掃除、武具の整備など、様々なお世話をしてくれるんですが……この功績点（ポイント）を渡して、お願いすると、一定期間、お世話の待遇レベルが上がります。たとえば……」

アルヴィンが、ちらりと後方へ視線を送る。

そこには、余所（よそ）の学級（クラス）の生徒達が陣取るテーブルがあり、家事妖精（ブラウニー）達が先ほどと同じように食事の準備をしている最中なのだが。

「お、おおおお……今日のオルトール学級（クラス）の夕食は、焼きたて白パンにミートパイ、パスタサラダ、かぼちゃのシチュー、それにクランベリーケーキかぁ……」

「い、いいなぁ……美味（おい）しそう……」

ブリーツェ学級（クラス）のものと比べると、あからさまに豪華な食事が並んでいる光景に、クリストファーやリネットが羨ましそうに見つめた。

「なんだありゃ？　もうメシっていうより、部屋を飾る調度品に見えるんだが……」

「あ、あはは……それはとにかくとして」

シドのズレた感覚に苦笑いしながら、アルヴィンは続けた。

「他の学級（クラス）は、家事妖精（ブラウニー）達に功績点（ポイント）を与え、この学校生活内にて相応の厚遇を享受しています」

「家事妖精（ブラウニー）って現金だからなぁ。本当に報酬分の仕事しかしねえんだよなぁー」

「新設学級（クラス）の僕達は、まだそんなに功績点（ポイント）に余裕がないから……」

「つまり、それなりの待遇というわけですわ」

総括するように言って、エレインが千切った硬いパンを、味気ないスープにつけて、上品に口に運んでいた。

「なるほど。だが、その功績点（ポイント）の手持ちが、まったくないわけじゃないんだろう？」

「はい。学期の開始時に、ある程度、支給されますからね」

シドの問いに、アルヴィンが頷く。

「でも、この学校では、功績点（ポイント）には他にも重要な使い道がたくさんありますから。魔法道具の購入や、破損した妖精剣の修復などにも必要になりますし……」

「ふむ、なるほど。今後の円滑なる学校生活のためにも、無駄遣いは禁物というわけか」

シドが、スープの大鍋から、お玉でおかわりを皿に注ぎながら頷く。

「はい。でもまぁ、僕達のブリーツェ学級（クラス）は、立ち上げたばかりの新設の学級（クラス）です。まだまだ『課題（クエスト）』の達成も覚束（おぼつか）なくて……こういった苦労は覚悟していたことですから」

そう語るアルヴィンの顔に悲壮感はない。

これから少しずつ頑張る……そんな直向（ひたむ）きさと前向きな意思だけがあった。

「しばらくは、食事はこの待遇レベルで我慢して、寮内の掃除洗濯も、自分達で分担してやるしかないですね」

「まぁ、そりゃいいんだけどさぁ？　食事くらいは早急に改善してえよなぁ？」

クリストファーがうんざりしたように言った。

「だって、俺達、騎士は身体（からだ）が資本だろ？　こんなメシじゃ、身体が持たないぜ」

「そうですわねぇ……あまり言いたくありませんけど、三度の食事がこんなでは、士気にも関わりますわ」

「寮塔内にも一応、私達が自由に使える厨房（ちゅうぼう）はあって、料理とかはできますけど……」

「かといって、皆、毎日、教練に忙しい。自分達でいちいち食事の準備をしている暇なんか、とてもないぞ」

そんな風に、一同がぶつぶつ不満を零していた……その時だった。

「あ、あの……っ！　だったら……」

今までずっと押し黙っていたテンコが、不意に意を決したように口を開いていた。

「そういうことでしたら、明日から、私が皆の食事を作りましょうか？」

唐突なテンコの申し出に、一同の視線が一斉にテンコへと集まる。

「……テンコ？」

「え？　いきなり何言ってんだ、お前？」

「ど、どうしてテンコさんが、そんなことする必要があるんですか？」

わけがわからないとばかりに、目を瞬かせる生徒達。

だが、そんな生徒達に向かって、テンコがどこか思い詰めたように言った。

「だ、だって、今のこの学級の中で、私が一番、足手纏いだから……そのくらいは……」

すると、生徒達はキョトンとして、顔を見合わせて……

「あはははははっ！　おいおい、何を言ってんだよ、テンコ！」

「あなたが足手纏い？　冗談はほどほどにしてくださいませ！」

生徒達は笑いながら、口々に声を上げるのであった。

「お前は、俺達の中で一番強いじゃんか！」

「そ、そうですよぅ！　テンコさんの剣技は、もう凄いなんてものじゃないですっ！」

「実際、わたくし、剣にはそれなりに覚えと自信があるのですが、あなたに剣の勝負で勝ったこと、一度もございませんし？」

「ったく、冗談も休み休み言ってくれ。過度な謙遜は嫌味にしか聞こえない」

そんな風に言うクリストファー、リネット、エレイン、セオドールへ。

「……謙遜でもなんでもありません。事実です」

テンコはどこか暗い表情で、ボソリと呟いた。

「だって……私だけ、まだウィルが使えないじゃないですか……」

「……ッ！」

そんなテンコの指摘に、騒いでいた一同が口を噤んだ。

ウィル。それは外界のマナを己が魂に取り込み、燃焼させることで、自身のマナを捻出する伝説時代の騎士達の技だ。

シド曰く、この技が出来れば、低位の妖精剣でも強くなれるらしい。

目下、シドの教練方針は、このウィルを自在に操れるようになることを目標としていた。

「……て、テンコ……」

言葉が見つからないアルヴィンの前で、テンコは淡々と続ける。

「多少、開眼した時期や練度に個人差はありますけど、皆、もうウィルを使えています」

「そっ、それは……そうかも……ですけど……」

「……でも、私だけは全然です」

くたり。テンコが耳を垂らして、胸の内を述懐する。

「未だウィルを燃やすという感覚が、さっぱり掴めない……ひょっとしたら、私……才能ないんじゃ……？」

ぼそぼそと、テンコが弱音を吐こうとした、その時だった。

「そ、そんなことないよっ！」

だんっ！　と。アルヴィンが弾かれたように立ち上がった。

「テンコは誰よりも頑張ってる！　だから、きっとそのうち、ウィルを使えるようになるよ！　今はほんのちょっとだけ、何かに躓いているだけさ！」

「…………」

「それに、シド卿も言っていたじゃないか！　ウィルは特別な力じゃない、生きとし生ける者ならば、誰だって使える技術なんだって！　君は師匠の言葉を疑うのかい⁉」

「！」

はっとしたように、テンコがシドを見る。

シドは、相変わらずパンと肉をバクバクと口へ運びながら、穏やかに言った。

「ああ、その通りだ。固く繰り返すが、ウィルは特別な力じゃない。練習すれば、誰だって使えるようになる」

「し、師匠……」

「何度も言うが、ウィルの開眼速度には個人差がある。だが、それをさっ引いても、この学級(クラス)の連中は特別、筋がいい方だ」

シドは空っぽになったスープの皿に、大鍋から直接、おかわりのスープを最後の一滴まで流し込み、そのスープ皿を直接ぐい〜っと飲み干して、テンコへ笑いかける。

「だから、安心しろ、弟子。俺を信じろ」

すると、そんな力強いシドの笑みに安堵(あんど)したのか。

「……そ……そうですよねっ！」

どこか暗かったテンコが、その暗さを振り払うようにコクコクと頷(うなず)いた。

「ちょっと、皆に置いて行かれて、少しナーバスになってたかもですっ！　でも、まだまだこれからですよね⁉　ええ、頑張ります！　見ててくださいね、師匠！」

「ああ、見ているぞ。その意気だ。……さて、ごちそうさん」

手を合わせて、一礼するシド。

気付けば……一同のテーブルの上からあらゆる料理が綺麗さっぱり消えていた。

「って、あれぇ⁉　シド卿⁉」

「な、ななななな、なんか、いつの間にか全部、空になってますぅ⁉」

「ま、まさか、配膳された料理、全部、食べてしまわれたんですの⁉」

「ぱ、パンとかスープとか肉とか、量だけはあんなにたくさんあったのに……ッ⁉」

「と、いうか、俺達、話してばっかで、結局、ほとんど食ってねえぞっ⁉」

「わ、私は、ほとんどどころか、まだ何も食べてませんよ⁉　師匠！」

大騒ぎを始める生徒達に、シドがきょとんとする。

「ん？　お前達、不味い不味い言うから、今日は要らないのかと思ったんだが？」

「そ、それとこれとは、話がちげーぜ、教官！」

「ぐすっ……いくら美味しくなくても、お腹はペコペコだったのにぃ～～っ！」

「というより、あれだけの量、その身体の一体どこに納めたんですの⁉」

食べ物の恨みは恐ろしい。

生徒達が、涙目で恨みがましくシドを見つめていると。

シドは、なんら悪びれることなく、堂々と胸を張って言った。

「ふっ。騎士は──〝食える時に食っておけ〟……それが古き騎士の掟だ」

「「「そんな掟、聞いたことないわぁ！」」」

生徒達が叫びながら、椅子を蹴って立ち上がる。

「食とは本来、命のやり取り──即ち戦いだ。ならば、戦いを生業とする騎士ならば、全霊をかけて挑んで当然と言える。たとえ、他者を蹴落とそうとも」

「「「意地汚いだけだろッ！」」」

生徒達、総員怒りの抜刀。

「い、いくら教官でも、こればっかりは許せねぇ……ッ！」

「そうですよっ！　いくら師匠でも、やっていいことと悪いことがありますっ！」

「くぅ～ッ！　これだから《野蛮人》はぁ～ッ！　成敗いたしますわぁッ！」

一斉に、シドへ飛びかかり、斬りかかる生徒達。

「おっと」

だが、シドはテーブルの上に右手をついて床を蹴り、ひらりと倒立前転、生徒達の怒りの攻撃をあっさりとかわしてしまう。

その最中、空いた左手で、生徒の皿の上に載っていた林檎を掠め盗るのも忘れない。

「ほう？　食事が終わったら、さっそく鍛錬の開始か？　いいぜ、付き合ってやる」

テーブルの上で不敵に林檎を囓りながら、煽るように手招きするシドへ、

「「「違うわぁあああああああああああ──ッ！」」」

生徒達は空腹を堪え、泣きながら襲いかかるのであった。

何事かと、他学級の生徒達の呆れた視線が集まる中、ブリーツェ学級のテーブルの一角は、しばらくの間、阿鼻叫喚の大騒ぎとなるのであった。

「あ、あはは……後で、何か夜食を皆で作ろうか……」

アルヴィンは、そんな大騒ぎするシドや仲間達を、苦笑いで眺めている。

しかし、ふと表情を引き締め、アルヴィンはテンコを見つめた。

テンコはやはり涙目で、空腹でフラフラになりながら、シドへと飛びかかっている。

そんなテンコは、いつも通りのように見えたが。

最近のテンコはとみに、思い詰めているように見える。

「テンコ……大丈夫……だよね……？」

アルヴィンは、そんなテンコの姿に一抹の不安に駆られるのであった。

第二章　四学級(クラス)合同交流試合

アルフィード大陸中央部に存在する、キャルバニア王国。

それより遥(はる)か北――壁のように聳(そび)え立つデスパレス山脈を越えて、さらに北。

大陸北端部に存在する、旧・魔国ダクネシア領。

年中、地獄のような凍気と吹雪が吹き荒れ、雪と氷に閉ざされた廃都。その中心に聳え立つダクネシア城、王の間にて――

がしゃん！　一人の少女が、まるでヒステリーを起こしたかのように、水晶玉を床に投げつけ、叩(たた)き割っていた。

全身にゴシックドレスを纏(まと)い、頭部に王冠を戴(いただ)いた銀髪の少女だ。

青玉色のその瞳はどこまでも冷え切っているが、ともすれば、この世の全てを燃やし尽くしてしまいそうなほどの憎悪(ぞうお)の炎が漲(みなぎ)っている。

「忌々(いまいま)しい……ッ！　本当に忌々しいわぁ……ッ！」

激憤も露(あら)わに、少女が何度も何度も、砕けた水晶玉の破片を踏みつけていく。

「なんで……ッ！　なんであの子ばっかり……ッ！　なんで……ッ⁉」

余程、我を忘れていたのだろう。

破片を踏みつける行為に、少女の息が切れ始めた……その時だった。

少女の背後の空間に、闇がわだかまり――

「おやおや、どうしたのですか？　私の可愛い主様……」

その闇が蠢き、新たな人物を結像する。

現れたのは、全身に漆黒のフードとローブを纏った魔性の美女――オープス暗黒教団の教祖、大魔女フローラであった。

「本日は、一段とご機嫌斜めみたいですね？」

「フローラ……ッ⁉」

激しい剣幕で睨み付けてくる王冠の少女の視線を、フローラはくすくすと微笑みながらそよ風のように受け流し、歩み寄る。

「さぁて、今宵の我が可愛い主様は、無聊の慰みに一体、何を視ていたのでしょうか？」

そう言って、フローラがさっと手を振り、古妖精語で何かを小さく呟く。

すると、少女によって叩き割られた水晶玉の破片が、カタカタ震え始め……やがて、それら全てがひとりでに空中へと浮かび上がる。

そして、破片達は自ら勝手に組み合わさっていき……やがて、ひび一つない完璧な状態の水晶玉に再生し、フローラの手に収まっていた。

その水晶玉の中には、何かの映像が映し出されている。

それは――

「あらあら、これは……また、アルヴィン王子様ですか？」

水晶玉の中に映し出されたアルヴィンの姿に、フローラがにっこりと笑った。

「うふふ、毎日、毎日、飽きもせず王子のことを覗き見て……憎い、殺したい……主様はことあるごとにそう仰いますが……本当は王子のことが大好き――」

その瞬間。

どくん。びしり。

ダクネシア城そのものが不穏に胎動し、フローラの持つ水晶玉に盛大な亀裂が走った。

「言葉に気をつけなさい？　それ以上言ったら……いくらあなたでも殺すわ」

気付けば。

王冠の少女の手には、いつの間にか何かが握られている。

黒い細剣だ。その刀身からは、闇よりも濃い闇が熾火のように立ち上っている。それに伴い、闇を纏う王冠の少女の存在感が何十倍にも脹れあがっている。

常人ならば相対するだけで、魂が落ち潰されてしまうだろうほどの暗黒のマナ圧。

まさに、彼女は人外の魔人であった。

「おお、恐い恐い。申し訳ありません、少し口が過ぎましたわ。どうか、ご容赦を」

だが、そんな人外の魔人を前に、フローラはまるで余裕を崩さず、くすりと微笑みながら、頭を軽く下げる。

「……ふんっ！　わかればいいわぁ！」

そんなフローラの姿に、王冠の少女はまるで駄々っ子のように口を尖らせて、そっぽを向いてふて腐れるのであった。

「私はね、アルヴィン……あの子の全てが許せないの。憎い。殺してやりたい。この世にあの子の痕跡、肉の一片、髪の一本たりとも残してなるものか……ッ！」

「主様の憎悪と憤怒は、とても正当なもの。ごもっともなことですわ。ええ」

フローラが、罅が入った水晶玉を撫でると、水晶玉は再び綺麗に元通りになる。

そして、王冠の少女は、フローラが持つその水晶玉を憎々しげに指差した。

「でもね、あの子を取り巻く環境は、もっと、もっと許せない……ッ！」

そこには、アルヴィン達が仲間達と共に、切磋琢磨している様が映し出されている。

「アルヴィンのせいで、私は全てを失ったというのに……ッ！　こんな、こんな無様な有様だっていうのに……ッ！　なのに、あの子は――ッ！」

〝なんでそんなに楽しげなのか〟。

そう言いかけて、王冠の少女はギリと歯ぎしりする。

「あまつさえ……」

そして、改めて水晶玉を昏い目で眺める。

シドが映っていた。シドがアルヴィンを手取り足取り、熱心に指導している。

指導を受けるアルヴィンの表情は、真剣そのものだが……時折、ふとした際に、その表情が笑みの形に綻ぶ。幸せそうにシドの横顔を盗み見る。

そんなアルヴィンの幸福そうな様は――王冠の少女を酷く苛つかせ、どろどろと真っ黒に煮えたぎる感情を、心の奥底から間欠泉のように噴き上がらせる。

だって、なぜなら、彼女にとって、〝シド〟という存在は――

「〜〜〜〜ッ！」

もう我慢ならない、とばかりに王冠の少女は駆け出し、フローラの持つ水晶玉を奪おうと手を伸ばす。

「あらあら」

対し、フローラはさっと水晶玉を引っ込め、再三の破壊から守った。

「何するのよぉ!?　その水晶玉を寄越しなさいっ!」

「ふふ、そう遠見の水晶玉に当たり散らしても、仕方ありませんわ、主様」

「だって!　だってぇ!?」

王冠の少女が地団駄を踏む。

ぶるぶる震える王冠の少女の目尻には涙が浮かんでいた。

「悔しいッ!　私、悔しいのよッ!　せっかくフローラが長いこと準備してくれた、こないだの計画も、私が余計なことをしたせいで失敗してしまったしぃッ!」

「主様……その件に関しては、まったく問題ないと、以前、ご説明したでしょう?」

震える王冠の少女の頭を優しく撫でながら、フローラは幼子をあやすように言った。

「確かに、あの計画でキャルバニア城と王都が完全滅亡することが、理想と言えば理想でした。が、やはり、それが難しいことも織り込んでおりましたわ。たとえ、シド卿が復活しようが、しまいがね」

「で、でも……」

「元々、王都は、光の妖精神の加護の強き場所。私達の悲願を達成するならば、少しずつそれを崩さなければなりません。

ゆえに、あの計画が実行に至れたこと、それ自体に意味があります。ほら?　王都を守る光の妖精神の加護が傷んだことで、主様の御力もかなり増しましたでしょう？」

「そ、それは……そうだけどっ！」

「謀とは本来、地味なもの。細かい積み重ねが、いずれ王国に黄昏の破滅をもたらし、アルヴィン王子の喉元を食い破るのです」

「でも、それじゃあ……ッ！」

ぎり、と拳を握り固め、俯く王冠の少女が打ち震えながら叫んだ。

「私は、いつになったら、アルヴィンに復讐を果たせるのよ……ッ⁉」

「…………」

ふ、と口元を歪めながら、フローラは己が主君の少女を流し見た。

そう。王冠の少女とフローラ……彼女達には、とある〝悲願〟がある。

〝悲願〟があるからこそ、このような、古き魔王の呪いによって生きとし生ける者の住めぬ、極北極寒の地に拠点を構え、虎視眈々とその機会を窺っているのだ。

だが——目下の所、王冠の少女の執着は、その〝悲願〟より、アルヴィンであった。

彼女はアルヴィンの破滅を何よりも、そして〝悲願〟よりも、焦がれるように望んでいるのである。

それは、フローラの最終目的からは、少々外れるが——

(だけど……それで良いのですわ)

フローラが嗤った。奈落のような笑みで、薄ら寒く嗤った。

泣きついてくる王冠の少女の背中をなでさすってあやしながら、物思う。

(この子はアルヴィンを心から憎悪しています。そして、この世界を心から憤怒していま す。彼女の憎悪と憤怒はいずれ必ず、この世界を焼き尽くし、極寒の冬に凍てつかせることになるでしょう……ええ、これは予言ですわ)

とはいえ。

王冠の少女の激しい憎悪と負の感情は、フローラにとって望むところではあるが、負の感情のあまり自身を焼き尽くすようなことがあってはならない。

強い情動と欲求は、〝悲願〟に向かう強い原動力になると同時に、自身を破滅へと追い込む諸刃の剣にもなり得る。

細やかな管理やケアは必須だ。たまには餌も与えてやらねばなるまい。

(ふむ……)

しばらくの間、フローラは考えて……

「主様がそこまで仰るのでしたら……少し、アルヴィン王子に仕掛けてみますか?」

そんなことを言った。

「えっ⁉　いいの⁉」

途端、王冠の少女はまるで子供のように目を輝かせて、フローラを視る。

「はい。最近、主様の状態は安定してまいりましたわ。限定的ではありますが、今ならば外での活動も可能でございましょう。

それに、今は次なる〝仕掛け〟に至るまで、少々時間的余裕があるのも事実……ここいらで一つ、退屈に暮れる我が主君の無聊を慰めるのも臣下の仕事かと。私の可愛い主様が、憎きアルヴィン王子に一泡吹かす手助けを致しましょう」

「フローラ！」

すると、先ほどまで不機嫌の極みだった王冠の少女はどこへやら。

ころっと態度を変え、フローラの手を取った。

「あなたならそう言ってくれると思っていたわ！　やっぱり、私、あなたのこと、好きよう、フローラ！　私のことをわかってくれるのは、あなただけだわぁ！」

「うふふ、もったいなきお言葉ですわ」

「じゃあ、一体、アルヴィンをどうしてくれようかしらぁ？　ふふふ……」

どかっ！　玉座に足を組んで腰かけ、無邪気な表情で考え始める王冠の少女。

だが、その本質は、子供のように無垢でありながら、残酷なドス黒さに満ちていた。

「アルヴィンを、私がこの手で直接殺す……のは、さすがにナシよねぇ？」

「ええ。それはオススメ致しませんわ」

フローラがやんわりと否定する。

「今の王子には、伝説時代最強の騎士がついています。弱体化しているとはいえ、彼の目が黒いうちは、王子を殺害するのは並大抵のことでは叶わないでしょう」

「わ、わかってるわよ、そんなの。ふんっ！」

「それに……」

フローラは氷のような笑みを浮かべ、王冠の少女の耳元で囁いた。

「主様は以前、つい感情に任せて仕掛けてしまいましたが……本当は、アルヴィン王子の何もかもを奪い尽くして、深海よりも深き絶望に沈めてから、くびり殺してやりたい……そうでしょう？　一度殺すだけでは飽き足らない……そうでしょう？」

すると、王冠の少女は、一瞬、目を見開いて硬直し……

「……そ、そうよ……ッ！」

やがて、どこか危険な闇を孕ませながら、吐き捨てるのであった。

「あの子をただ殺すだけで、この私の憎悪は晴れるものかッ！　私はあの子の全てを奪うッ！　あの子には死んだ方がマシくらいの絶望と屈辱を与えないとッ！

あの子の嘆きと悲哀が、この私への鎮魂の聖歌となるッ！　私はただ、それだけのために、この世界に未練たらしく、しがみついているのだから……ッ！」

そして、王冠の少女はフローラの手の水晶玉を覗き込んで、呟いた。

そこには、シドが映っている。

王冠の少女は、シドを食い入るように見つめながら……低く言った。

「そう……私は……いつか、あの子から何もかも奪ってみせる……何もかも、何もかも……」

そんな王冠の少女を見て、くすりと微笑みながら、フローラは続けた。

「それでは主様。今回はいかにして、アルヴィン王子に一泡吹かせましょうか？」

「そうねぇ？　何かないかしら？　アルヴィンにダイレクトに刺さる何か……」

王冠の少女は手を伸ばし、フローラの手の水晶玉を摑んで引き寄せる。

そして、その水晶玉の中の映像を改めて覗き込んだ。

「……あら？　そう言えば、この子……」

すると、美しい白髪と長耳、尻尾を生やした貴尾人の少女の姿に、ふと目を引かれる。

彼女は、アルヴィン達から離れた場所で、一人ぽつんと鍛錬に励んでいる。

「テンコ＝アマツキですわね」

貴尾人の少女をじっと見つめる王冠の少女へ、フローラが補足した。

「五年前、我らが暗黒騎士団によって滅ぼされた、天華月国の生き残り……幼い頃からアルヴィン王子と苦楽を共にした、王子の一番の親友ですわ。

宮廷内で味方の少ない王子にとって、無条件で傍にいてくれる彼女の存在はとても大きく……最早、彼の半身であると言っても過言ではないでしょう」

「…………知ってるわ、そんなこと」

どこか昏い感情を滲ませながら、王冠の少女が憮然と応じる。

「ふうん……？　親友……無二の親友ねぇ……？」

「……どうか、されましたか？」

「別に」

だが、王冠の少女は、水晶玉越しにテンコをじっと見つめる。

穴が開くようにじっと見つめ続ける。

水晶玉の中の貴尾人の少女は、一人何かに苦悩していて。

王冠の少女は、そんな貴尾人の少女の心の中を透かし見るように、その氷のように冷たい青玉色の瞳で見つめ続ける。

やがて……

「……ふふ。うふふ、あははは……」

王冠の少女は、低く不気味に嗤い始めていた。

「あらあら？　主様ったら。その魔眼で、一体、何を見ましたか？」

「ええ、とっても面白い物を見たわ……テンコ＝アマツキの心の中にね」

ひとしきり、くすくすと嗤い尽くして。

やがて、王冠の少女は宣言した。

「いいこと思いついたわ、フローラ」

「あらあらあら？　一体、どんなことでしょうか？」

「ええ、私、決めたわ――」

とびっきりの悪戯(いたずら)を考えついた子供のような無邪気さで。

王冠の少女は、己が企(たくら)みをフローラへと語るのであった――

――――。


妖精暦一四四六年、十一(ノーヴェ)の月、一日。

涼しく穏やかな秋の季節が終わりに近付き、冬の息吹(いぶき)が少しずつ感じられる時分。

キャルバニア王立妖精騎士学校の一年従騎士(ファースト・スクワイア)達の間で、とある定例会が開催される。

それは――

「ほう？　四学級（クラス）合同交流試合、か」

「はい。去年までは、三学級（クラス）合同交流試合でしたけど、今年から僕達、ブリーツェ学級（クラス）も参加する運びになりましたから、四学級（クラス）合同交流試合」

シドの呟きに、アルヴィンがそう補足して応じていた。

今、シド達がいるこの場所は、王都キャルバニア西にある、木々も疎（まば）らで広漠としたロイツェル平原だ。

騎士同士で徒歩白兵試合（クロスコンバット）や馬上槍試合（トーナメント）、合戦試合（ワー・ゲーム）などを行うために使われる場所で、いくつもの天幕（テント）や木の柵で仕切られた試合場が、アルヴィン達の前に広がっていた。

そして、本日の交流試合に参加する、デュランデ学級（クラス）、オルトール学級（クラス）、アンサロー学級（クラス）の一年従騎士（ファースト・スクワイア）達がこの場所に集まっている。

一年従騎士（ファースト・スクワイア）は、アルヴィン達のブリーツェ学級（クラス）を除けば、一学級（クラス）につき約四十名。

つまり、今、ここには百二十名余の一年従騎士（ファースト・スクワイア）達が集結していることになる。

「この合同交流試合は、僕達一年従騎士（ファースト・スクワイア）のこの半年間の修業の成果を試す意味で行われる試合です。その名の通り、他学級（クラス）の生徒達との交流会も兼ねていますけど」

「なるほどな。やはり、騎士が相互に理解し、友情を築くには、実際に剣を交えて殺す気で死合うのが一番だからな。なかなか、この時代もわかって……」

「殺す気ありませんからね⁉　そんな物騒な催しじゃないですからね⁉」

反射的に、シドへツッコミを入れるアルヴィンであった。

「……えっ？　殺す気でやらないのか？　死合いなのに？」

「なんで、そんな驚いた顔するんですか⁉」

「だって、騎士なぞ顔を突き合わせたら、挨拶代わりに殺すつもりで死合うのが常識だろう？　それでたまに、お互いつい熱くなり過ぎて、つい本当に死にかけたり、死なせかけたり、死んじゃったりするのが、俺達の時代の酒宴での鉄板笑い話で……」

「修羅過ぎませんか⁉　伝説時代！」

とりあえず、気を取り直して、こほんと咳払い(せきばら)をし、アルヴィンが続ける。

「とにかくですね、基本的には、違う学級(クラス)の生徒同士で、抽選によるランダムな一対一の試合が組まれ、騎士としての剣技や妖精魔法の腕を実戦試合形式で競い合います。

例年一人三試合ですね。そして、この三回の試合を全勝した騎士の中で、騎士としての風格と礼節正しく、もっとも相応(ふさわ)しい戦いと技を魅せた者には、最優秀新人賞が贈られ、その従騎士(スクワイア)が所属する学級(クラス)に功績点(ポイント)が与えられるんです」

「ほう？　件(くだん)の功績点(ポイント)がもらえるのか。そりゃあ頑張らないとな」

「ただまぁ……とは言っても、ほぼ出来レースなんですけどね……」

「？」

アルヴィンの物言いに、シドが首を傾げていると。

突然、周囲の空気がざわりと蠢き、他学級の生徒達から口々に声が上がった。

「おおお、あ、あいつは……ッ⁉」

「ルイーゼだ！　オルトール学級のルイーゼ＝セディアスだ！」

アルヴィン達が、そのざわめきの中心を見ると。

一人の少女が、この会場を悠然と歩いているのが見えた。

燃えるような赤髪、凛とした群青色の瞳が特徴的な、ただならぬ覇気を放つ少女だ。

炎を想起させる情熱的な髪の色や外見でありながら、それすら凍てつかせる氷のように硬質な美貌は、思わず見る者の背筋を正させる。

颯爽としたその挙措は超然としており、いかにも隙がない。

その腰に佩いているのは二振りの青の妖精剣。二対で一組の双剣型妖精剣であった。

そんな少女を遠巻きに眺めながら、周囲の生徒達が口々に声を上げる。

「《蒼星》のルイーゼ――オルトール学級の一年学級長！　俺達今期生の中で、神霊位の妖精剣を手にした、〝選ばれし者〟……ッ！」

「噂(うわさ)によると、相当強ぇらしいぞ？　もうその実力は、すでに三年従騎士(サード・スクワイア)……いや、正騎士にも匹敵するとか……ッ!?」

「さすが、神霊位(アツィルト)……今回の最優秀新人賞はあいつで決まりか？」

「ええ、間違いないわね」

「しかし、神霊位(アツィルト)の妖精剣に選ばれるなんていいよなぁ……神霊位(アツィルト)に選ばれるのは基本、王家と三大公爵家の血統だけだろ？」

「たまにいるのよね。そういう血統じゃなくても、神霊位(アツィルト)の妖精剣を手にする人が」

「はぁ〜、まさに〝選ばれし者〟……奇跡の申し子ってわけだ」

「もっとも──本来、神霊位(アツィルト)を手にすべき、王家の嫡男は、当代に限って、なぜか最弱の地霊位(アッシャー)を引いたらしいけどな」

「ははっ、そりゃ逆の意味で奇跡だな……」

　そんな周囲のひそひそ話や陰口を受けて。

「……とまぁ、こんな風に」

　アルヴィンが苦笑いしながら、説明を続けた。

「例年、最優秀新人賞は神霊位(アツィルト)の誰かが取ることになります。審査員を務める人達も、優先的に神霊位(アツィルト)を推しますし、そもそも神霊位(アツィルト)の騎士は確実に三勝しますしね」

「なんだ、つまらん。それじゃ皆、やる気出ないだろ……と言いたいところだが」

シドがちらりと周囲を流し見る。

「余所の学級の連中は、なんかやけにやる気満々だな？」

見れば、デュランデ学級の生徒達も、オルトール学級の生徒達も、アンサロー学級の生徒達も、皆、ちらちらと好戦的な目で、ブリーツェ学級を見つめている。

アルヴィン達を盗み見ながら、ひそひそと声を潜めて、何事かを話し合っている。

「むしろ、俺達の学級を目の仇にしているようだ」

「あー、それは……その……」

アルヴィンが曖昧に言葉を濁していると。

「ふん。連中は、僕達のことが気に食わないんですよ」

セオドールが眼鏡を押し上げながら、鼻を鳴らして答えていた。

「気に食わない？　なぜだ？　俺達、何かやったっけ？」

「やれやれ、シド卿。先の王都動乱を覚えていますか？」

「そりゃあな。それがどうした？」

「先の動乱で、この王都を竜が襲ったとき……僕達ブリーツェ学級の一年従騎士は、曲がりなりにも竜に立ち向かった。他の学級の連中は、結局、それができなかった。

客観的に見れば、結局、僕達は何の役にも立たなかったし、竜を倒したのはシド卿だ。

でも、従騎士の身分で竜と〝戦った〟……これだけは事実です」

セオドールが忌々しげに、遠巻きに見てくる周囲の生徒達を一瞥する。

「王都の民にとっては、さぞかし僕らブリーツェ学級が、次世代を担う勇敢で頼もしい騎士の卵に見えたでしょうし、伝統三学級の腰抜けぶりには失望したことでしょうね。

とにかく、地霊位持ちしかいない、新造の最弱掃き溜め学級が、民衆にそのように評価されるのが我慢ならない。自分達が下に見られるのが許せない。

だから、こういう目に見える場で、完膚なきまでに叩き潰して、自分達が上だということを証明してやろう、僕らの名誉を奪ってやろう……そんな腹づもりでしょう」

「うーん……あいつら、ひょっとしてアホか？」

シドは周りを見渡しながら、呆れたように頭をかくのであった。

「騎士の名誉は、そんな三段論法で得られるもんじゃないだろ」

「そりゃそうっすけど、向こうがそう思ってるんだから、しゃーねっすよ」

いつも楽観的でお調子者なクリストファーも、どこかうんざり気味だ。

「しかし……となると……ああ、クソ、今日は地獄だな……」

「で、ですよねぇ……？　うぅ……恐いよう……」

頭を抱えるクリストファー。ぶるぶる震えているリネット。

「余所の学級(クラス)の連中とは、今まで、何度か模擬戦やったことあったけど……毎回、俺達、全員、ボコボコにされてたからな……」

「ええ、妖精剣の剣格の差は絶対なのだと、何度も思い知らされ続けてきましたわ」

エレインもため息を吐(つ)く。

「シド卿からウィルの薫陶(くんとう)を受けていますが……まだ、日は浅いですし……」

「まーた、ボコボコの晒(さら)し者にされるのか、俺達……」

「今日こそ、私、死んじゃうかも……ああ、お父さん、お母さん、弟達に妹達……先逝(ゆ)く不甲斐(ふがい)ない私をお許しください……」

「ちょ、ちょっと、リネット、そう悲観的にならないで！」

見かねたアルヴィンが、慌てて口を挟む。

「試合場には、ちゃんと《湖畔の乙女》達が【不殺(ころさず)の結界】を張るし、癒やしの魔法や秘薬の準備もしてくれているから！　死んだり、再起不能になることはないから！」

だが、そんなアルヴィンの言葉は、なおさら恐怖をあおり立ててしまったらしい。

「う、うぇえええん……帰りたいようぉ〜〜ッ！　お母さぁ〜〜んっ！」

リネットは完全に及び腰であった。

リネットだけではない。クリストファーも、エレインも、セオドールも、どこか皆、緊張に包まれており、その表情が硬い。

一方的に目の仇にしてくる他学級（クラス）の連中から、これからどんな酷（ひど）い目に遭わされることになるのか……そんな嫌な想像を拭えないのだろう。

だが——

「あっはっはっは！」

不意にシド卿が笑っていた。

「シド卿？」

「ま、そう硬くなるなって。しょせん、命の保証がされたこんな試合は、遊びみたいなもんだ。結果に拘（こだわ）らず、気楽にやれ、気楽にやれ」

「そ、そんな、気楽にやれって……」

「そんなこと言われましても……」

クリストファーやリネットが、戸惑うように目を伏せていると。

「シド卿、アルヴィン王子」

しゃらんと鈴を鳴らすような澄んだ女性の声が聞こえてくる。

振り返れば、青く長い髪の絶世の美女が悠然とやって来ていた。

古き盟約の下、このキャルバニア王国と王家を守護する《湖畔の乙女》達の長──イザベラだ。

「ふふ、探しましたよ、二人とも」

「お？　どうしたんだ？　何か用か？」

イザベラは、次期王位継承者であるアルヴィンの後ろ盾でありながら、このキャルバニア王立妖精騎士学校の学長をも兼任する立ち場だ。

それだけに、本日は四学級合同交流試合の進行調整関連の仕事に忙殺されており、朝から姿が見えなかったのである。

「ええ。これから、各学級の筆頭教官騎士と学級長で集まって、今回の合同試合の最終打ち合わせを行います。1番天幕の方へ集まってください」

「なるほど、了解だ。さて、行こうか、アルヴィン」

「はいっ」

イザベラに誘われてシドが歩き始め、アルヴィンがそれに続く。

と、その時。

視界の端に、小さく映り込む者の姿があり、アルヴィンはふと足を止めた。

テンコだ。テンコが、ブリーツェ学級の生徒達の集まりから離れた場所──闘技場の隅の方で、一人必死に剣の型稽古を行っている。

　居合いの構えから抜刀し、一閃。

　脳内にイメージした仮想の敵を相手に、優雅な剣舞を踊る。

「ぜぇ……ぜぇ……はぁー……はぁー……ッ！」

　全身にびっしょりと汗を纏うその真剣さは、まさに鬼気迫るもので、言葉をかけることすら憚られた。

　だが、今のテンコには、どこか切羽詰まった焦りと余裕のなさもありありと見え、傍から見ていて不安に駆られるほどに自分を追い込んでいるようにも見える。

（……テンコ……）

　アルヴィンはふと足を止めて、そんなテンコを見つめていたが。

「……今は、そっとしておいてやれ」

　ぽんとシドに肩を叩かれ、こくりと頷くのであった。

　――――。

「これは一体、どういうことでしょうか？　ご説明頂けますか？」

四学級（クラス）合同交流試合の試合前最終打ち合わせが行われた、1番天幕の中にて。

イザベラの、苛立（いらだ）ったような声が響き渡っていた。

「今回のこの試合進行と追加ルールはまったく聞いていません。明らかに、悪意による作為的なものが感じられます。どなたか説明をお願いします」

イザベラのやや語気の荒い剣幕に、天幕内がしんと静まりかえった。

天幕内に据えられた円卓には、今、九人の人物がついている。

デュランデ学級（クラス）、オルトール学級（クラス）、アンサロー学級（クラス）、ブリーツェ学級（クラス）……それぞれの学級（クラス）の筆頭教官騎士と学級（クラス）長達、そして、イザベラだ。

アルヴィンはハラハラしながら、事の成り行きを見つめていた。

そんなアルヴィンの隣で、シドはテーブルの上に足を投げ出して、頭の後ろで手を組んで、どこか楽しげに一同を見守っている。

「誰か、ご説明を」

ばん！　イザベラが天幕の奥に据えられたボードを叩く。

そのボードには、闘技場内に八つに分けられた試合場の試合進行プログラムと、一年従騎士（ファースト・スクワイア）の生徒達の対戦組み合わせ表が添付されている。

「なぜですか？　なぜ、ブリーツェ学級（クラス）の対戦相手が全員、精霊位（ベリアー）なのですか!?　しかもアルヴィン王子には、神霊位(アツィルト)のルイーゼ＝セディアスまで当てられて……ッ！」

妖精剣には剣格がある。

上から力が強い順番に、神霊位(アツィルト)、精霊位(ベリアー)、威霊位(イェツェラ)、地霊位(アッシャー)だ。

この内、もっとも数が多い妖精剣は、威霊位(イェツェラ)だ。全体のおよそ約80％以上の騎士が、この威霊位(イェツェラ)の妖精剣を手にすることになる。

それに対し、精霊位(ベリアー)は全体の約10％ほどしかいない。数が少ないだけあって、精霊位(ベリアー)の妖精剣はエリート騎士の証(あかし)だ。

そして、最高位の神霊位(アツィルト)の妖精剣に選ばれる者は、古き盟約によって、確定で神霊位(アツィルト)に選ばれる三大公爵家の血統を除けば、全体の１％。

最低位の地霊位(アッシャー)の妖精剣に選ばれる者もまた少なく、５％ほどである。

それゆえに、神霊位(アツィルト)は〝選ばれし者〟と賞讃(しょうさん)され、地霊位(アッシャー)は〝落ちこぼれ〟、〝ハズレ〟などと揶揄(やゆ)されるのである。

それはさておき。

「今回の合同交流試合、ブリーツェ学級(クラス)からの参加者は六名。その六名が行う予定の試合が全て精霊位(ベリアー)以上の相手というのは明らかにおかしいでしょう⁉」

イザベラがそんな風に憤(いきどお)っていると。

薄ら笑いを浮かべた単眼鏡(モノクル)の青年が、慇懃無礼(いんぎんぶれい)に言った。

「とは言ってもですねぇ？　イザベラ殿。これは厳正にして公平なるくじ引きの結果によるもの。ならば、これは光の妖精神(エクレール)様のお導きじゃないですかね？」

オルトール学級(クラス)、筆頭教官騎士クライスであった。

その背後には、オルトール学級(クラス)の一年学級(クラス)長ルイーゼが無言で佇(たたず)んでいる。

「よくもぬけぬけと……ッ！」

イザベラが憎々しげに、周囲を見渡せば。

デュランデ学級(クラス)の筆頭教官騎士らしき粗暴そうな大男が野卑な笑みを、アンサロー学級(クラス)の筆頭教官らしき妙齢の女性がすまし顔を浮かべている。

その様子から察するに、どうやら全員グルであるらしい。

恐らく発案は、このクライスだろう。根回しや権謀術数を得意とするオルトール公爵派閥らしいやり口であった。

「よしんば、このおかしな組み合わせが〝偶然〟だと致しましょう。ですが、もう一つの追加ルールには、納得いきません！」

負けじとイザベラが声を荒らげて、さらに追及する。

「〝一試合ごとに、敗者の学級(クラス)が勝者の学級(クラス)に功績点(ポイント)を三点支払う〟なんて！　そんな賭(と)

博のような真似事は、この合同交流試合の本来の趣旨を著しく逸脱しております！　そんなもの、学長として断じて認めるわけにはいきませんっ！」

「と、仰られても困ります。これは、我々各学級の筆頭教官騎士間で慎重に議論を重ねた結果、同意の下に決めたことですから」

「まったくだ。昨今の合同交流試合はマンネリ化してるからよ。生徒達の士気高揚のためにも、この辺りで一つ、新しい試みが必要だろ？」

アンサロー学級、デュランデ学級の筆頭教官騎士達が口々に言う。

「学級にとって命とも呼べる大事な功績点を賭けての勝負なら、きっと、生徒達も必死になるに違いありませんわ。これは、とても意義ある試合になると思います」

「それに、功績点を賭けるといっても一試合につき、たった三点だ。なら、各学級にとっても大した負担じゃねえ。ガタガタぬかすな」

「あなた達は……ッ！」

イザベラが悔しげに歯噛みする。

各学級にとって大した負担にならない……それは確かにそうだろう。比較的、現在の所持功績点に余裕がある伝統三学級にとっては。

だが、新設のブリーツェ学級は違う。今回の試合結果によっては、功績点が完全に枯渇しかねないのだ。

功績点(ポイント)がなければ、日々の食事に困ることはもちろん、妖精剣の修復や魔法道具の調達、各種鍛錬場の使用すら覚束(おぼつか)なくなる。

最悪、学級(クラス)の活動そのものが成り立たなくなってしまうのだ。

「大丈夫ですよ。別に、勝てば問題ないでしょう？　大体、半分ほど白星を挙げれば、プラスマイナスは、ほぼ0になります」

「そもそも、イザベラ殿。あなたは王家の後見人ではありますが、学長という立場でもありましょう？　そのように、特定の学級(クラス)に過度に肩入れするのはいかがなものかと」

クライスの澄ました物言いに、イザベラが肩を震わせた。

「厚顔無恥もここまで来ると呆(あき)れますね……ッ！」

基本、妖精剣の剣格の差は絶対だ。

同じ学年同士ならば、下位の妖精剣は、より上位の妖精剣には勝てない。

確かに、下位の妖精剣が上位の妖精剣に作戦や技量、練度で打ち勝つことはある。

だがそれは、たとえば威霊位(イェツェラ)と精霊位(ベリアー)といった一つの剣格差までだ。二つ以上の剣格差がつくと、もう絶望的である。

アルヴィン達は全員、地霊位(アッシャー)。意図的な試合の組み合わせ操作によって、二つ差以上の剣格の相手と戦わされる羽目になっている。

（これでは、アルヴィン達がいくらシド卿の薫陶を受けているとはいえ……ッ！）

しかも、まだシドがやって来て、一ヶ月半ほどなのだ。

とても勝負になるとは思えなかったのである。

「そこまで……そこまでして、ブリーツェ学級を潰したいのですか？　あなた達の後ろにいる三大公爵家は……ッ！」

「ふん。さぁな？　俺達、下の人間が上の人間の意向なんざ知るかよ」

「ただ……弱体化しきった王家による統治は、もう時代遅れではないでしょうか？　これからの暗雲の時代に必要なのは、強く力ある統治者……違いますでしょうか？」

「ま、ブリーツェ学級を設立するなんて無駄な悪あがきをせず、王家は素直に今後の身の振り方を覚えた方がいいのでは……と、僕は愚考しますけどね？」

「くっ……」

クライス達の物言いに、イザベラは歯噛みしかできない。

この手の学内行事のルールが、各学級の筆頭教官騎士の決議によって決まるのは、キャルバニア王立妖精騎士学校の校則だ。そこはいくら学長でも容易には覆せない。

ブリーツェ学級の事実上の筆頭教官騎士であるシドを除いての一方的な決議なので、その一点を突破口に突っぱねても、今度は改めて、シドを含めて決議を取るだけだ。

決議の評決票数には、功績点を上乗せすることができる。

そうなれば、裏で示し合わせているであろう伝統三学級には勝てない。

この状況は、すでに詰んでいる——と、アルヴィンがそんなことを思っていると。

（……アルヴィン）

不意に、イザベラの声が、アルヴィンの頭の中に直接響いた。

（イザベラ……？）

アルヴィンがはっとしたように顔を上げ、イザベラを見る。

すると、イザベラが無言でアルヴィンをじっと見つめている。恐らく、相手の心に直接語りかける念話の魔法だろう。

（この私がついていながら申し訳ありません。こうなったら、今回の合同交流試合……ブリーツェ学級は辞退するのも、一つの手です）

（……ッ!?）

無念そうなイザベラの提案に、アルヴィンが息を呑む。

（〝ブリーツェ学級は恐れをなして、逃げ出した〟……そう吹聴されてしまうことでしょうが、功績点を根こそぎ失うような、最悪の事態は避けられるでしょう）

(そ、それは……)

(まだまだ、新設のブリーツェ学級には、色んな意味で力が足りません。非常に悔しいことですが、先のためにここは……)

イザベラが、そんなことをアルヴィンに念話で提案していた……その時だった。

「……いいぞ」

そんなことを、堂々とのたまう者がいた。

「それでいい」

シドだった。シドは相変わらず、頭の後ろで手を組み、足をテーブルの上に投げ出す粗野な格好のまま、どこか不敵な笑みを浮かべて、そう言った。

「ほう？　それでいい、とは？　シド卿」

「その試合カードでまったく問題ないってことだ。そっちの方が面白そうだしな」

そう語るシドは、どこまでも余裕と自信に満ち溢れている。

筆頭教官騎士達は、シドが泡を喰ってルール変更や試合組み合わせ変更の交渉に来るか、あるいは今回の交流試合の参加を辞退するか、そのどちらかは予想していた。

だが、そのどちらの思惑も盛大に外す態度を取られ、少しだけ苛立ったようである。

「面白そう……？　ほ、ほう……？　随分と余裕がおありですね？」

「自分の生徒達が、無様に負ける様を見ても平気というわけでしょうか？」

「ほう？　教え子達の苦痛も屈辱も、お前にとっては娯楽か？　ふん……さすがは《野蛮人》だな？　おい」

口々に、シドを嘲弄するような言葉が浴びせかけられる。

だが、シドはそんな言葉など意に介することなく、悠然と返した。

「なに、人は勝利より敗北から学ぶもんさ。今回、その敗北が必要なやつが、俺の学級に いてね。まぁ、少々心苦しいが、良い機会とさせてもらう」

「……？」

シドの奇妙な物言いに、小首を傾げる筆頭教官騎士達。

「だが、一つだけ、こちらからも提案がある。提案つーか、まぁ、老婆心なんだが」

そして、シドが少し困ったような表情で、頬を掻きながら言った。

「試合の勝敗に功績点を賭けるルール……やっぱ、これはナシにしないか？　それは……さすがに、なぁ？」

すると。

筆頭教官騎士達は、途端、呆然として。顔を見合わせて。

そして――

どっと、一斉に笑い始めた。

「なんだ⁉　随分と偉そうな口を叩いておいて結局、そこかよ⁉」

「残念ながら、そこだけは覆りませんわ！　だって、我々筆頭教官騎士の決議で決まったことですもの！」

「不服なら、今一度シド卿も含めて、再合議してみますかな⁉　まぁ、結果は見えていますけどねっ⁉」

笑う。笑う。笑う──

この王国にやって来て以来、次元と格の違いを見せ続けてきたシド。

そんな、ふてぶてしい大物面をしていたシドがついに見せた、底の浅さ。

ようやく鼻を明かせたと、教官騎士達は笑い続ける。

「そうか。それはまぁ、しゃーない。皆で決めたことならしゃーない」

だが、シドは泰然さを崩さず、打ち合わせはもう終わりだとばかりに立ち上がる。

そして、踵を返して天幕の出口を目指しながら、こう言い残すのであった。

「……後悔するなよ？」

そんなシドの言葉は、筆頭騎士の笑い声にかき消され、届くことはない。

「さて、アルヴィン。行くぞ」

「あっ、待ってください、シド卿！」

アルヴィンは、そんなシドを慌てて追いかけるのであった――

そして、アルヴィンとシドが、ブリーツェ学級（クラス）の待機場所へと戻ってくる。

まぁ、当然といえば、当然の話だったが。

「――というわけだ。がんばれ、お前達」

シドが戻るなり、ことの顚末（てんまつ）を説明した、その瞬間。

「「「はぁあああああああああああああああああ――ッ⁉」」」

ブリーツェ学級（クラス）の生徒達は、素っ頓狂な声を上げていた。

「ちょ、ちょ、ちょ、教官、そんなの聞いてないっすよぉおおおおお⁉」

「わ、わたくし達の相手が全員、精霊位（ベリアー）⁉　教官、精霊位（ベリアー）持ちが、どれだけ強いか知らないんですの⁉」

「そりゃ、教官にしてみりゃ、精霊位（ベリアー）も地霊位（アッシャー）も大差ないでしょうけど！」

「わ、わ、わ、私達にはとても無理ですよぉ⁉」

「おまけに、試合の勝敗に貴重な功績点（ポイント）を賭けるなんて、一体、何を考えていらっしゃるんですの⁉」

クリストファーも、エレインも、リネットも、シドへ詰め寄って、ギャンギャンと喚き立てている。

「うーん……」

そんな生徒達の剣幕に、シドは困ったように、頬を掻くだけだった。

(ま、まぁ……皆、そんな反応になるよね……)

アルヴィンも、シドがあんな不利な条件をあえて受けた意図がサッパリわからず、苦い顔をするしかない。

と、そんな収拾のつかない事態になりつつあった、その時だった。

「やれやれ……落ち着けよ、皆」

セオドールが、眼鏡を押し上げながら、苛立ち混じりにため息を吐く。

「これが落ち着いていられるかってんだ！　わかってんのか、セオドール！」

「わたくし達の学級の存亡の危機ですわ！」

「ふん、これだから、表面しか物事を見れない、学のない連中は」

セオドールは、慌てふためくクリストファーやエレインを鼻で笑い、シドを見る。

「冷静に考えてもみろよ。シド卿は《野蛮人》などという不名誉な二つ名を持ってはいるものの、伝説時代に数々の信じられない武功を挙げた騎士なんだぞ？　曲がりなりにもそんな英傑が、無策でこんな無謀な提案を呑むとは思えない。違うか？」

そんなセオドールの指摘に、生徒達がはっとしたように静まりかえる。

「ま、まさか……？」

「ああ、きっとその通りだ」

満を持して、セオドールがシドを流し見た。

「何か……秘策があるんですよね？　圧倒的な剣格の差を覆す秘策が」

「ひ、秘策……ッ!?　そうか、それなら合点がいく……ッ！」

「そ、そうなのですかっ!?　それは一体……ッ!?」

生徒達が縋るように、シドを見る。

「ふっ……秘策か。それは当然……」

すると、シドはそんな生徒達の期待の視線を悠然と受け止めて……

「……そんなものはない！」

どーん、と。

清々しいドヤ顔で、堂々とそう言ってのけて。

「アンタは一体、何を考えてるんだぁあああああ——ッ!?」

結局、セオドールも大騒ぎに加わるのであった。

「おいおい落ち着けよ。大体、一対一の正々堂々とした決闘戦に、一体、どんな策があるっていうんだ？　精々が、正々堂々と、相手の食事に毒を盛るとか、相手の仕える貴婦人を人質に取るとか、そんなもんだろ」

「発想が外道ッッ！」

「どこが正々堂々だ⁉　どこが⁉」

「まぁ、俺はやらんがな。伝説時代、そういう悪辣な騎士は結構いたもんだ」

「これだから伝説時代はッ！　殺伐とし過ぎなんですよッ！」

「ああもう、俺達の学級はもうお終いだぁ！」

そんな風に、ギャーギャー悲愴に喚き立てる一同を尻目に。

「あの……すみません、さすがに説明をしてください、シド卿」

アルヴィンは訴えるように、シドへと問いかけた。

「説明？　何をだ？」

「どうして、こんな無謀な賭けを受けてしまったんですか？」

「…………」

押し黙るシドへ、アルヴィンは続けた。

「僕は……あなたを、シド卿を信じています。シド卿についていけば、いつかきっと、低い剣格の僕達でも、強くなれるって」

「…………」

「でも……僕達はまだ、あなたに師事して一ヶ月半なんです。その間にあなたから教わったことは、基礎体力作りとウィルの操作法だけ。最近こそ、かかり稽古をつけてくれるようになりましたが……僕達はまだ、伝説時代の剣技も魔法も、何一つ教わっていないんです」

「…………」

「こんな状態で、僕達より遥(はる)かに上の剣格の……日々、教官騎士から妖精魔法を習い、自分を高めている、精霊位(ベリアー)や神霊位(アツィルト)の従騎士(スクワイア)達と試合をしたところで、結果なんて……」

不安げに目を伏せるアルヴィン。

すると、シドはしばらくの間、そんなアルヴィンをじっと見下ろす。

そして、ふっと笑って言った。

「〝騎士は真実のみを語る〟。……お前達は大丈夫だ」

「……えっ？」

その言葉に、アルヴィンがはっとしたように顔を上げる。

大騒ぎしていた、生徒達もぴたりと騒ぎをやめ、しんと静まりかえる。

なぜなら、その言葉は。

その古き騎士の掟は。

あのシドが、その掟を口にするということは――……

「お前達はもっと自信を持て。確かに、俺がお前達の指導を始めて、まだほんの一、二ヶ月だ。でも、お前達だって、俺が来る以前からずっと努力を続けて来たんだろう？」

「そ、それは……」

「その通りですけど……」

それでもなお、生徒達は不安げに自分の妖精剣を見た。

「で、でも……俺達の剣は最低剣格の地霊位なんすよ？　妖精剣全体の数％しかないっていう、ハズレ剣……あいたっ⁉」

びしっ！

クリストファーの額に、瞬間移動のように間合いを詰めたシドのデコピンが当たった。

「いってぇえええ⁉　な、何するんっすか、教官⁉」

「一つ聞くが。お前は、お前の隣に居る仲間達を、ハズレだと思ったことがあるか？」

「はぁ⁉　ンなわけ――」

「じゃあ、なぜ、唯一無二の相棒である己の妖精剣を、ハズレ扱いする？」

そんなシドの指摘に、生徒達が言葉に詰まる。

「地霊位(アッシャー)……確かに力は弱いな。そりゃそうだ。〝人のためにあれかし〟……お前達の妖精剣は、その純粋な優しさだけで剣になった妖精の子供だ。だがな……それは、様々な思いを抱えて騎士を目指すお前達と、何の変わりがある？」

「〜〜〜〜ッ⁉」

押し黙る生徒達に、シドはニヤリと笑う。

そして、今度は後ろの方で小さくなっているテンコへと歩み寄った。

「テンコ」

「⁉ は、はいっ⁉ な、なんでしょうか、師匠っ⁉」

今まで、どうも心、ここに在らずとばかりに、ぼうっとしていたらしい。

テンコは、びくりと身体(からだ)を跳ねさせ、背筋を伸ばしてシドへと向きなおった。

「調子はどうだ？」

「……ちょ、調子は……そ、その……」

テンコが鞘(さや)に収まった自身の妖精剣をかき抱きながら、視線を泳がせる。

そして、やがて意を決したように、シドへ訴えかけた。

「師匠。私、色々考えたんですけど……」

「どうした？」

「その……あの……私だけは……今回の交流試合……辞退しても構わないでしょうか？」

「…………」

シドはテンコの真意を確かめるように、テンコの目を覗き込む。

テンコはそんなシドの視線から逃げるように顔をそらし……さらに続けた。

「わ、私……私はその……皆と違って、ウィルすら、まだまともに扱うことができません……きっと、この学級の足を引っ張ってしまう……そんなの不甲斐なくて……」

くたりと耳を寝かせ、心底申し訳なさそうに呟くテンコへ。

シドは、そのテンコの両肩に優しく手を置き、そして言った。

「師匠からお前に伝えるべきことは一つだ。構わない、出場しろ」

「……えっ⁉」

シドの言葉に、信じられないとばかりにテンコが顔を上げた。

「ど、どうしてですか、師匠っ⁉　師匠もきっとわかってますよね⁉　今の私は、この学級で、一番、弱――……」

何かを言いかけたテンコの口を、シドが指でそっと塞ぐ。

「弟子。己を貶める言霊は軽々しく口にするな。俺達騎士が、なぜ、ことあるごとに

〝掟〟を強く宣言しているのかわからないのか？」

「…………ッ!?」

「確かに、今のお前じゃ、今日の試合は残念なことになるかもしれない。だが……人は勝利よりも、敗北からこそ学ぶことがある。一度たりとも、屈辱や敗北に塗れたことのない騎士はいない。それは俺だって同じだ」

「し、師匠……」

「俺は常日頃、ずっと考えていた。なぜ、お前がウィルを使えるようにならないのか。お前のように真っ直ぐな心意気で騎士を目指す者が、なぜウィルに目覚めないのか」

「…………」

「俺が、今のお前の全てを見届けてやる。今のお前の剣から、お前が一体、何に躓いているのか……必ず看破してやる。

俺を信じろ。無様や屈辱を恐れるな。〝騎士は真実のみを語る〟……たとえ、今のお前がどんな結果に終わろうが、俺はお前を見限らない。俺は、お前の師匠だ」

そんな風に、シドは真っ直ぐテンコの顔を覗き込み、力強く言霊を届ける。

そんなシドの言葉に、少し勇気づけられたのか。

「は、はい……わかりました……私……やります……」

不安げではあるが、テンコは精一杯の勇気を振り絞って、本日の合同試合に挑むことを決意するのであった。

――――。

こうして、さっそく合同試合は、始まった。

試合場は四つに分かれており、試合予定プログラムに従って、他学級（クラス）同士で生徒達が一対一の試合を行っていく。

試合場には【不殺（ころさず）の結界】が張られており、全てのダメージが致命傷にならない。

ゆえに、生徒達は、常日頃鍛え上げた剣技と妖精魔法を、遠慮なく披露していく。

母数的に、もっとも多い試合カードは、威霊位（イエツエラ）同士の勝負だ。

威霊位（イエツエラ）の妖精剣を持つ従騎士（スクワイア）は、全体の80％以上なので、当然である。

ただ、威霊位（イエツエラ）同士の戦いは基本、ドングリの背比べである。剣技を駆使し、妖精魔法を駆使し、余程のことがない限り、僅差の勝負を次々と繰り広げていく。

だが、威霊位（イエツエラ）と精霊位（ベリアー）の戦いとなると、途端、空気が変わった。

「おらぁああっ⁉　くたばれ、低剣格の雑魚がぁ——ッ⁉」

第三会場で、とある精霊位の従騎士が、試合開始直後、威霊位の従騎士を派手に、赤の妖精魔法で爆破炎上させ、ほんの一瞬で決着をつけていた。

「ぉおおおおお⁉　デュランデ学級のガト、強ぇええええ——ッ⁉」

「さすが、エリートの精霊位ッ！　圧倒的だよな⁉」

「うっわぁ～……対戦相手の威霊位の子……可哀想……」

周囲で観戦をしている一年従騎士達は、賞讃半分、戦々恐々としていた。

「ぁあああああああ⁉　ぎゃあああああああああ——ッ⁉」

勝利を収め、意気揚々と試合場を去って行くガトの背後では、火達磨になったアンサロー学級の生徒が、悲鳴を上げて転げ回っている。

そんな生徒の元へ、救護班の《湖畔の乙女》達が泡を喰って駆けつけ、魔法で水霊を召喚して、生徒を包む炎を消し止める。

真っ黒焦げになった生徒に、テキパキと秘薬を塗り、癒やしの魔法をかけていく。

すると、みるみるうちに酷い火傷は治癒されていくのだが……

「うわぁ……」

「ひ、ひぃいいいいいっ⁉」

そんな勝負とも呼べぬ試合内容に、見ていたクリストファーはドン引きで、リネットは涙目であった。

このように、剣格に差がある者の戦いは、まるでお話にならない。

ほとんどの試合が、一瞬でけりがついてしまう。

たまに辛(かろ)うじて、引き分けに持ち込める……その程度だ。

そして、精霊位(ベリアー)同士の戦いは――


「「「おおおおおおおおおおおお――ッ!?」」」

――その恐ろしくハイレベルな勝負に、会場は沸きに沸いていた。

今、この第二試合場では、デュランデ学級(クラス)の一年学級(クラス)長オリヴィアと、アンサロー学級(クラス)の一年学級(クラス)長ヨハンの試合が行われている。

オリヴィアは赤の妖精剣、ヨハンは緑の妖精剣。観客席で見学している二年従騎士(セカンド・スクワイア)、三年従騎士(サード・スクワイア)達も注目する期待株である彼ら二人の剣格は、当然のように精霊位(ベリアー)だ。

オリヴィアは振るう剣で、炎の波を放ってヨハンを攻めたて、対するヨハンは、自身の周囲に無数の土のゴーレムを生み出し、オリヴィアの正面から圧をかけている。

押し寄せる炎の波が、土ゴーレムの密集陣形(ファランクス)を片端からなぎ倒していく。

だが、後から後から湧いて出る土ゴーレムは、見事、炎の波を受けきって――

「――はっ！」

その隙間からヨハンが疾駆、炎の波を突破し――

「来なさいッ！」

盛大に上がる金属音。爆ぜ散る火花。

猛然と斬りかかるヨハンと、それを真っ向から迎え撃つオリヴィアが、剣を交錯させ、激突する。

一進一退の攻防を繰り広げる二人に、さらに過熱する会場。

「あの二人が、今の一年のトップクラスか」

「ははは。今年の一年どもは生きがいいな」

「ああ、まったくだ。半年でここまで剣の力を引き出せるようになるとはな」

「こりゃ、私達もうかうかしていられないわね」

観客席で見学している上級生達も、感心したようにその試合に見入っている。

そして。

そんなレベルの高い精霊位すら嘲笑うような存在が、今日、この会場にはいた。

「はぁ――ッ！」

試合場に渦巻くは、身を切るような圧倒的凍気の波動。

空気が凍って細氷（ダイヤモンド・ダスト）となりて輝き、雨霰（あめあられ）と降り注ぐは無数の鋭い氷柱（つらら）。

「きゃあああああああ――ッ⁉　あ、あ、ぁ――……」

先の試合でヨハンと名勝負を演じたオリヴィアが、為（な）す術（すべ）もなく氷柱に全身を刺し貫かれ、瞬（また）く間に成長する巨大な氷塊の中へ閉じ込められ、完全沈黙していた。

たった、試合開始十秒の出来事。

その凍気の前に、彼女の炎の魔法など、まるで蝋燭（ろうそく）の火のようであった。

「……ふん」

しんと静まりかえり、唖然（あぜん）とする一同の視線を一身に受けながら、その少女――ルイーゼ＝セディアスは、双剣を納めて試合場を後にしていた。

「あれが……」

「……神霊位（アツィルト）か……」

上級生達も目を見開き、冷や汗を額に浮かべながら息を呑（の）まずにはいられない。

神霊位（アツィルト）――〝選ばれし者〟。

その剣の力は、それほどまでに圧倒的なのであった――

そんな次から次へと化け物達が跋扈する試合場を見ていた、ブリーツェ学級の連中は頭を抱えて消沈している。

「なんなんだよ、ありゃ……」

「まぁ、あんな規格外はもう放っておいて……僕達が相手するという精霊位の連中も、圧倒的じゃないか……」

「これは……もう恥をかくのが落ちですわね……」

「ぐすっ……うえええん、ひっく……恐いよう……恐いよう〜〜」

すっかり及び腰になってしまったブリーツェ学級の生徒達。

(シド卿はああ言ってくれたけど……本当に僕達の力が通用するんだろうか……？)

そして、さすがのアルヴィンも表情が硬い。

だが、シドだけは──

「〜♪」

余裕の表情で試合を眺め続けるのであった。

そして──

────。

「おおっ！　ルイーゼ、来た来たッ！」

「おい、次のルイーゼの相手は誰だ⁉」

「えーと、進行表によれば……あ、アルヴィンだ！　ブリーツェ学級（クラス）のアルヴィンだ！」

「マジかよ⁉　あの掃き溜（だ）め学級（クラス）の⁉　王家のくせにハズレ剣引いた⁉」

「勝負にもなんねえよ、こんなん……」

歓声と野次が渦巻く中、アルヴィンは息を大きく吸いながら、試合場に立った。

数メトルほど離れた先には、これまで先ほど精霊位（ベリアー）を相手に圧勝の白星を挙げ、破竹の勢いのルイーゼが王者の風格で悠然と佇（たたず）んでいる。

「ふん……王子か」

ルイーゼは、アルヴィンにはまるで興味なさそうに呟（つぶや）いた。

「ルイーゼ。君とこうして剣を交えるのは、入学以来、初めてのことかな？」

アルヴィンは己（おの）が細剣（レイピア）型の妖精剣――《黎明（れいめい）》を抜き、ゆっくりと構える。

「正々堂々とした試合にしよう。どちらが負けても……恨みっこなしだ」

すると、そんなアルヴィンの堂々とした態度は、少々気に入らなかったらしい。

「……どちらが負けても？」

ルイーゼはアルヴィンへとかみつき始めた。

「ふん、王子……やはり、あなたは少し図に乗っているようだな」

「な……僕が図に乗っているだって？　そ、そんなことは……」

「地霊位(アッシャー)のあなたが、神霊位(アツィルト)の私に対し、勝負をしようと思う時点で自惚(うぬぼ)れている」

「……ッ！」

取りつく島もない物言いに閉口するアルヴィンへ、ルイーゼが忌々(いまいま)しげに畳みかける。

「ふん……先の戦いで、竜から王都を守って戦った騎士の鑑(かがみ)達だと、民達から持ち上げられて、それで勘違いしたか？　実際は地霊位(アッシャー)の弱小学級(クラス)だろうに」

「そ、それは……」

「言っておくが、あなた達が先の王都動乱で活躍できたのは、上級生達や私のような高剣格が、北のファボーム平原の防衛戦に参陣していたからだ！　私が王都に残っていたら、きっと王都を守ったのは、名誉を得ていたのは私だった！」

「～ッ!?」

なぜか、ルイーゼは一方的にアルヴィンをライバル視しているようであった。

そして、愕然(がくぜん)とするアルヴィンへ、ルイーゼはさらに続けた。

「それはさておきだ、王子。試合が開始されたら、さっさと降伏宣言しろ」

「⁉」

「言わずもがなだが、地霊位の王子と、神霊位の私とでは勝負にならない。だが、あなたはこの国の王子。こんな大勢の前で恥をかかせるのも忍びない。ゆえに――」

だが――

「駄目。それはできないかな」

アルヴィンのそんな気負いない返しに、ルイーゼがぴくりと眉根を動かす。

「どういうことかわからないけど、シド卿は僕を信じて、背中を押してくれたんだ。臣下の信を裏切るのは、王に非ず。……違うかな？」

「シド卿……《野蛮人》シド卿か……ッ！」

すると、ルイーゼは試合場の外で悠然と佇んで動向を見守るシドを、鋭く流し見る。

そして、憎々しげに表情を歪め、吐き捨てた。

「残虐非道にて冷酷無比……騎士の風上にも置けぬ《野蛮人》のくせにッ！　クッ……あんな化け物がいたのでは……私は……ッ！」

「……ルイーゼ？」

どこか様子のおかしなルイーゼに、アルヴィンが小首を傾げる。

「王子！　あなたもどうかしているぞッ！　なぜ、あのような男を連れてきた⁉　あんな騎士としての誇りの欠片もない、ただ強いだけの暴力装置をッ！」

「…………」

「そこまでして、この国の王になりたいか!? 我々が遵守すべき、民の規範となるべき騎士の誇りや気高さ、伝統を破壊しかねない輩に取り縋ってまで！」

「そ、そんなことは……」

「そんな男に教えを乞うたところで、得られるものは何もない！ 今日、この試合で、それを私が剣で証明してやる！」

そう宣言して、ルイーゼが双剣を構える。

ルイーゼの青の妖精剣《蒼星》──その二対一組の双剣型妖精剣に凍気が漲り、周囲の気温をみるみる下げて、アルヴィンの肌を痺れさせる。

「……両者、礼！ 始め！」

審判員のかけ声で、互いに騎士の決闘礼式に則って、剣を重ねて一礼して。

ついに、本日のブリーツェ学級初の試合となる、アルヴィンとルイーゼの戦いが始まるのであった。

「はぁああああああ──ッ！」

ルイーゼは一瞬、一撃で勝負を決めようと。

妖精剣の身体能力強化出力に任せて、中段(フルーク)に構えるアルヴィンの懐(ふところ)に飛び込んで。

剣を振り上げ、その一瞬で為せる本気の一撃を、アルヴィンへ——……


……この時。

その場の誰もが、この試合は一瞬で終わるとタカを括(くく)っていた。

なにせ、ルイーゼは最高剣格の神霊位(アッィルト)、アルヴィンは最低剣格の地霊位(アッシャー)。

剣格は、妖精魔法の出力だけでなく、妖精剣がもたらしてくれる身体能力強化効果にも多大に影響する。

ゆえに——話にならない。

アルヴィンは、ルイーゼの剣を受け止めることすらできない。

誰もがそう思っていて。

そして、誰もがそれを裏切られた。

唯一、したり顔で悠然としているシド、只(ただ)一人を除いて——


ぎぃいいいいいいいんっ！

「くぅ――ッ⁉」

ルイーゼの剣を受けた瞬間、アルヴィンの全身を想像を絶する衝撃が貫いた。

あまりの衝撃に細剣(レイピア)を構える手が痺れ、思わず剣を取り落としてしまいそうになる。

だが――それだけだ。

そこに信じられない光景があった。

アルヴィンが、ルイーゼの剣撃を、真っ向から受け止めていたのだ。

「な――？」

この一撃であっさり終わることを確信していたルイーゼも。

最早(もはや)、興味が次の試合に移っていた観客達も。

アルヴィンの無事を祈るように見守っていたブリーツェ学級(クラス)の仲間達も。

誰も彼もが言葉を失い、唖然として、試合場を見つめていた。

「――ふっ」

アルヴィンが鍔競(つばぜ)り合いを崩し、ルイーゼから素早く跳び離れ、再び構える。

ふーっ！　ふーっ！　と、独特の律動(リズム)で深く呼吸をしながら、言った。

「……手加減かい？　いつも全力を尽くす君らしくないな。僕にその価値はないと？」

どこか戸惑ったような、非難するようなアルヴィンの表情。

だが、微(かす)かな憤(いきどお)りこそあれど、そこに煽(あお)り、侮(あなど)りの色はまったくない。

つまり、本当にアルヴィンはそう思っているのだ――手加減をされた、と。

「手加減……？　手加減だと……ッ！」

だが、それはルイーゼにとっては、格下に舐(な)められたも同然であった。

「地霊位(アッシャー)の分際が……ッ！　吹かすなッ！」

湧き上がる激情のままに、ルイーゼはさらにアルヴィンへと飛びかかるのであった。

「ぁあああああああああああああ――ッ！」

変幻自在に振るわれる双剣乱舞、それはまるで荒ぶる嵐のような連撃だった。

振り下ろされる右の唐竹割り、翻(ひるがえ)る左の切り返し、続く猛獣のような右の突進撃。

ルイーゼの振るう双剣の軌跡を、半瞬、遅れて細氷(ダイヤモンド・ダスト)が奔(はし)り、白く輝く弧を描く。

それらは全て、威霊位(イェツェラ)はもちろん精霊位(ベリアー)だって、一太刀とは受けていられない必殺至高の斬撃達だ。間合いに入った瞬間、即勝負を決する類いのものだ。

だが、その必殺のはずの斬撃を――

「クッ⁉　……ッ！」

アルヴィンが受けている。

巧みに細剣(レイピア)を操作し、流し、弾(はじ)き、受け止める。

確かにルイーゼの手数と剣圧に押され、一歩、また一歩と後退はしているが――

受けているのだ。勝負になっているのだ。

「ど、どういうことだよこれ……ッ⁉」

「な、なんで、アルヴィン王子が、ルイーゼの妖精剣を前に……ッ⁉」

その予想外の試合の立ち上がりに、観客の生徒達は動揺と困惑を隠せず。

「ルイーゼッ！　何をやっているのです⁉　手加減はほどほどになさいッ！」

ルイーゼのオルトール学級(クラス)の筆頭教官騎士クライスも、あからさまに余裕がない。

「くそ……ッ！　ちょこまかと……ッ！」

さすがに焦(あせ)りを覚えたのか、ルイーゼもさらに剣撃の回転速度を上げるが。

「せやぁ――ッ！」

刹那、迫る右切り下げを払い除(の)け、あまつさえ、反撃の一閃(いっせん)すら返すアルヴィン。

その切っ先は、危うく首を振ったルイーゼの頬を掠(かす)めていた。

「な――？」

一瞬、呆然(ぼうぜん)とするルイーゼ。

そう、アルヴィンはどこまでもルイーゼの剣についてくる――

「きょ、きょきょきょ、教官⁉　あれは一体、どういうことっすか⁉」

試合場の外で、クリストファーが素っ頓狂な声を上げていた。

「いや、確かに、アルヴィンのやつ、俺達の中では一歩先を行ってたっすけど、いくらなんでもアレはないでしょ、アレは⁉　相手、神霊位なんっすよ⁉」

「ひょ、ひょっとして教官、わたくし達が気付かないうちに、何か魔法を⁉」

「そ、そそそ、そうですよねっ！　なんかこう、凄くパワーアップする伝説時代の魔法か何かを、私達に……」

「落ち着け。それは反則だし、そんな都合の良い魔法があるか」

呆れ半分苦笑いで、シドが返す。

「ウィルだよ、ウィル。ただ、ウィルを燃やして、手足にマナを通し、身体能力を高めた。それが、神霊位の出力と拮抗した。それだけの話だ」

「えええええ〜ッ⁉」

「うぃ、ウィルって、神霊位と打ち合えるくらいに力上がるんですの⁉」

「し、信じられないです……とても……」

「お前らな、俺という生きた見本がありながら、まーだ信じてなかったのか？　さすがに傷つくぜ？」

言葉とは裏腹に、シドはどこか楽しげに解説を始めた。

「この時代の騎士達は、妖精剣からマナを引き出し、身体能力強化に当て、魔法を行使する。だから妖精剣の強さが騎士の強さとされるし、妖精剣以上に強くなれない」

そんなことを言いながら、シドは周囲をキョロキョロと見渡し、近くに立っていた木から枝を折り取った。

「えーと、それは？」

「シロッテっていう木の枝だ。ある一定レベル以上のマナに反応して、段階的に花をつける性質がある。お前達、剣を出せ」

エレインが不思議そうに自身の妖精剣を鞘から抜くと、シドはその刀身に枝をあてる。

すると……みるみるうちに枯れ枝につぼみが成長し、小さな青い花が一つ咲いた。

次に、リネットの妖精剣に枝を当てると、今度は緑の花が一つ。セオドールの妖精剣の時は、赤い花がやはり一つ咲く。

「……地霊位なら一つか。ということは、これが神霊位なら、最低でも十は花をつけるだろう。咲いた花の数がそのまま、剣のマナ出力だと考えて構わん」

「じゅ、十……ッ⁉」

「そ、それって、単純にわたくし達の剣の十倍強いってことですの⁉」

「まぁ、そうなる。だが、見てろ……」

シドが枝を持ったまま、静かに深呼吸を始める。すると──

ぽんっ、ぽんっ、ぽぽぽっ！　木の枝につぼみが後から後から成長し、次々と白い花を咲かせていく。開ききった花は落ち、たちまち次のつぼみを成長させる。

その数、十……二十……三十……それ以上。

開花が、まったく止まる気配を見せない。

「見たか？　これがウィルだ」

「な──ッ⁉　ウィルって、そこまで凄かったんすか⁉」

「嘘でしょう⁉　人間が妖精剣以上のマナを捻出したっていうんですの⁉」

驚愕する生徒達に、シドがウィルの呼吸を止めて悠然と言った。

「別に不思議なことじゃないさ」

「確かに、妖精剣のマナは膨大だが有限だ。引き出せるマナには限りがある。だが、ウィルは違う。この世界を普遍的に満たすマナを、呼吸で自身に取り入れて出力する技だ。つまり、ほぼ無限。まぁ、俺レベルでそれをできるやつは、なかなかいないがな。

とにかく、妖精剣とウィル、単純なマナの出力勝負なら、圧倒的にウィルに軍配が上がるってわけだ。そもそも、この時代の騎士達は、妖精剣の使い方を間違えてる。

だから、神霊位でも、たかが十程度の出力しか出ないんだ。実にもったいない」

「つ、使い方が間違ってる……？」

「まぁ、それはさておきだ。俺の見立てじゃ、今のアルヴィンのウィルなら、さっきの枝に八は花を咲かせられる」

「八⁉ アルヴィンのやつ、そんなに……ッ⁉」

「す、凄い……」

「何、驚いてるんだ？ 今のお前達だって五か六はいけるはずだぜ？」

そんなシドの指摘に、生徒達が顔を見合わせる。

そして、シドからシロッテの枝を受け取り、呼気を整え、ウィルを燃やしてみる。

すると――

「ほ、本当ですわ……青い花が五つ……」

「俺もだ……緑の花が六つ……嘘だろ……？ だって、俺達、今まで強くなってる実感なんてサッパリ……」

「そりゃ当然だ。お前達が稽古で相手していたのは俺だろ？ 一の力が五か六になったところで、万に対しては大差ないからな」

そして、シドがちらりと、必死に戦うアルヴィンの後ろ姿を見る。

そんなシドへ、生徒達は不安そうに問う。

「で、でも……アルヴィンが八のマナをウィルで使えるとしても、神霊位のルイーゼは十ですよね？　まだ負けてるんじゃ……？」

「そ、そうですわ！　このままだといつか押し切られて……」

「いや、この試合に限っては問題ない」

シドは自信をもってそう断言した。

「低剣格が高剣格に勝てない……それはとどのつまり、単純な出力差の問題だ。圧倒的な出力差が生じてしまうから、打ち合うことすらできない。勝負にならない。

だが、曲がりなりにも打ち合えてしまえる程度の出力差内ならば、十分に勝負になる」

「……は？　それは一体、どういうことなんです？」

訝しむようなセオドールの問いに、シドが不敵に返す。

「決まってるだろ。単純な技量の差だ。アルヴィンを含めお前達は、低剣格ながら、高剣格に対抗しようと、今までこの半年間、必死に頑張ってきたんだろう？　つまり、少しでも高剣格との差を埋めようと、必死に技を磨いてきた」

「あ……」

「妖精剣のパワーにかまけて、単純な剣技や戦術の研鑽をサボってきた大方の連中と比べれば、素の技量は、お前達のほうが上だ。ほら、見ろ」

　シドが顎をしゃくれば、試合場では――

「ちぃ――ッ！　冷厳に執り行え（ホルミレク）・氷剣葬送（アイフユーネ）！」

「風によりて護れ（ウィールド）ッ！」

　先ほどオリヴィアを一瞬で氷漬けにしたルイーゼの凍（い）てつく波動を、アルヴィンは風の盾を巧みに斜めに張って、受け流してしまっていた。真正面から受ければ、出力差で押し破られてしまう。だからこそ斜めに張ったのだ。

「アレ……エレインのアイデアだったよな？」

「そ、そうですわね……なんとか高剣格の攻撃に対抗できないかと考えて……でも、今までは結局、焼け石に水で役に立ちませんでしたけど……」

　唖然（あぜん）とする生徒達へ、シドが改めて告げる。

「な？　お前達の艱難辛苦（かんなんしんく）の半年間は……お前達が今まで必死に積み重ねてきたことは、決して無駄じゃなかったんだよ」

「きょ、教官……」

　恐らく生徒達は、まだシドが教官として着任する前……この半年間の苦難の道のりを走（そう）馬燈（まとう）のように思い出したのだろう。

誰もが感極まったように、言葉を失う。

「だったら……」

唯一、素直じゃないセオドールが、むっとしたように聞いてくる。

「なんで……このことを僕達に黙ってたんですか？」

「ん？　そりゃ当然だろ」

すると、シドはまるで悪戯小僧のように、にっと笑って、悪びれずに言った。

「だって、お前達が驚く顔が見たかった」

「こ、この人はぁ～～ッ！」

セオドールは当然、クリストファーもエレインもリネットも、怒り半分、呆れ半分と言った表情で叫ぶしかないのであった。

そんな生徒達を尻目に、シドは改めてルイーゼと打ち合うアルヴィンを見て、叫んだ。

「行けッ！　アルヴィン！　勝てるぞ！」

「――ッ！」

そんなシドの声を背中に受けたアルヴィンは、一瞬、はっとして。

「はいっ！　いいいいやぁあああああああ――ッ！」

鋭く踏み込み、ルイーゼへとカウンターの刺突を繰り出すのであった――

「……勝てる⁉　地霊位のあなたが、神霊位の私に勝てるだと⁉」

アルヴィンの刺突を左の剣で流しながら、ルイーゼが憤怒に顔を赤く染める。

「ふざけるなッ！　どんな魔法を使ったか与り知らぬが、この程度でッ！」

下段から斬り上げてくるアルヴィンの剣を、ルイーゼが右の剣で強引に叩き落とす。

同時に、地を蹴って砂塵を巻き上げつつ、素早く後退。

アルヴィンから距離を取って――

「我が青の妖精剣《蒼星》よッ！　もっとだ！　もっと力を貸せッ！」

そう叫んだ、その瞬間だった。

どくん。

ルイーゼの妖精剣が、青く不気味に輝いて……その輝きがルイーゼへと流れて行く。

「――ッ⁉」

アルヴィンが警戒して跳び下がり、剣を防御に構えたのと――

「やぁあああああああ――ッ！」

獲物に襲いかかる獅子の挙動で、ルイーゼがアルヴィンへ斬り込んだのは、ほぼ同時。

耳を劈くような金属音の大反響。パラパラ爆ぜ散る火花と細氷。

辛うじてルイーゼの一撃を剣で受けたアルヴィンが、その剣圧によって、靴底で轍を地に刻みながら、数メトル押し下げられる。

「く――ッ⁉」

「見せてやるッ！　我が真の力……ッ！」

そして、ルイーゼは眼前で双剣を逆十字に交差させ、古妖精語で語り掛けていた。

「汝は蒼穹に輝く十字星・――」

その言霊に応じるように、ルイーゼの双剣にマナが圧倒的に高まり、輝いていく。

「――・墜ちて地に突き立ちては・――」

その言霊に応じるように、ルイーゼの周囲の気温が一気に氷点下をブチ抜く。

ビシビシ、と。

ルイーゼを中心に周囲の空気が、地面が、何もかもが音を立てて凍てついていく。

ずん、と場に重くかかる圧。あらゆる物を停止させる絶大な凍気。

それに比例するように、ルイーゼの双剣のマナは高まって、高まって、昂ぶって――

――それは、アルヴィン達がよく妖精魔法を発動する時に唱える一節祈祷ではない。

より多くの言霊を尽くした三節以上の祈祷――

「な……ッ⁉　ルイーゼ、君はまさか、もう大祈祷に至っているというのか⁉」

アルヴィンが愕然と叫んだ、その瞬間だった。

「──・三界に静寂もたらす者なり──ッ！」

轟ッ！

ルイーゼの全身から凍気が巻き起こり、氷雪となって渦を巻いた。

たちまち真っ白く雪化粧される地、音を立てて成長する踊る魔物のような氷柱達。

猛烈な極低温の吹雪が、試合場を逃げ場なく吹き荒れて、そこに相対する敵の全てを凍てつかせんと吠え滾る──

「青の大祈祷【三界ノ氷銀河】ッ！　これで終わりだッ！」

猛烈な吹雪が、前後左右からアルヴィンを呑み込まんと迫って来る。

足を止めていると、アルヴィンの足がみるみる成長する氷に呑まれていく。

アルヴィンが、一つ深く呼吸して足を固める氷を踏み砕き、一際強くウィルを燃やす。

「──優しき春を告げよッ！」

そして、捻出したマナを妖精剣へと通し、自身に風の護りを衣のように纏わせた。

緑の妖精魔法【春風の羽衣】──熱や冷気をカットする護りの魔法。

生み出された風の衣が、津波のように迫る吹雪を受け止めるが――

「……あっ……くぅ……ッ⁉」

完全には受け止めきれない。

圧倒的な凍気が、アルヴィンの身体の表面に、少しずつ薄氷を張っていく。

「さぁ、終わらせてやるぞッ！」

吹き荒れる吹雪、凍り付いて輝く空気、氷結地獄と化した光景の中。

ルイーゼはこれでとどめとばかりに、アルヴィンへ躍りかかる。

「くぅううう――ッ⁉」

迫る極低温の凍気を押し止めるのに加え、さらに力と速度を増したルイーゼの猛撃。

そして、荒ぶる凍気がどこまでもアルヴィンの熱を奪い、動きを鈍らせる。

アルヴィンはたちまち、防戦一方に追い込まれていくのであった――


「ふふ、あっはははっ！　そう、それでいいのですっ！」

そんな試合運びを見ていたクライスが大笑いした。

今までヒヤヒヤしていた屈辱を全て吹き飛ばさんばかりに、クライスが笑った。

「そうですよ、それが神霊位と地霊位の格の差ッ！　小手先の努力じゃどうにもならない差を、物分かりの悪い王子によく教えてあげなさいっ！　はははははは──ッ！」

──そして、その一方。

「くそっ！　大祈祷……そんなんありかよ⁉」

アルヴィンの絶体絶命の危機に、ブリーツェ学級が慌てふためき始めていた。

「あ、アルヴィン！」

親友の危機に、テンコが真っ青になって叫ぶ。

「し、師匠っ⁉　どうしましょう⁉　このままじゃ、アルヴィンが……ッ⁉」

「なるほど。大祈祷を使ってくるかぁ。これは予想外」

シドがどこか複雑な表情で、頭を掻いていた。

妖精剣による妖精魔法は、基本的に、より多くの言霊を尽くす魔法ほど、強い力を発揮する。

多くの妖精騎士は、一節、二節祈祷の妖精魔法を戦術の主体としている。

そして、妖精剣による三節祈祷以上の妖精魔法は《大祈祷》と呼ばれる、世界の法則に介入する高等魔法となり、限られた妖精騎士にしか使用できない奥義だ。

大祈祷ができるのは、一流の妖精騎士であることの証である。

神霊位（アツィルト）の妖精剣に〝選ばれし者〟——ルイーゼ＝セディアス。

一年従騎士（ファースト・スクワイア）にして、すでに大祈祷に至った彼女は、紛れもない天才だったのだ。

「ははは っ！　まぁ、そうだよなぁ。そういえば、俺はお前達には基礎体力作りとウィルの訓練をさせてただけで、まだ魔法に関しては、なーんにも教えてなかったなぁ」

ブリーツェ学級（クラス）の生徒達の縋（すが）るような視線を受けながら、シドはからからと笑って。

「だが、まぁ、とにかくだ。これは……終わったな」

どかっ！　椅子に深く腰かけ、腕組みして目を閉じる。

「し、師匠⁉　一体、何を⁉」

「もうこの試合に見るべきものはない。終わったら、起こしてくれ」

そんなことを言い残して。

シドはあっという間に、寝入ってしまう。

「師匠ぉ～～～～ッ⁉」

テンコの非難するような叫びが響き渡るのであった。

ルイーゼが、一年従騎士（ファースト・スクワイア）でありながら、早くも三節祈祷を使った——

その事実は会場内を震撼（しんかん）させた。

その場に集う生徒達は、同時進行されている別の試合場の試合など、そっちのけで、アルヴィンとルイーゼの試合場へと集まってくる。

そして、同時に、誰もが確信していた。

もう終わった。勝負がついた。

いまいち理由はよくわからないが、アルヴィンは地霊位(アッシャー)でありながら、無敵の神霊位(アツィルト)に対し、そこそこ善戦した。

だけど、その悪あがきも、もうここまで。

アルヴィンの使う、通常の一節祈祷の妖精魔法では、大祈祷に勝てるわけもない。

見れば、アルヴィンはすでに防戦一方で、今にも押し切られそうだ。

そう、もう勝負は決まってしまったのだ。

試合はもう、すぐにでも終わるだろう──

────。

──だが。

「……なんか……妙に試合、長引いてないか？」

「あ、ああ、そうだな……まだ続くのか……？」

試合を観戦していた生徒達が、少しずつざわめき始める。

試合場では、未だ、アルヴィンとルイーゼが激しくせめぎ合っている。

だが、ルイーゼが大祈祷を展開してから、もうかなりの時間が経過している。

津波のような凍気と吹雪で圧をかけ、その間隙をぬって猛撃をアルヴィンに浴びせる。

だというのに、アルヴィンが落ちない。ルイーゼの猛攻を、防戦一方ながらアルヴィンが風を巧みに操り、捌き続けている。

それどころか――

「――ふっ！」

「な――ッ⁉」

ルイーゼの攻めの隙を捉え、アルヴィンがすかさず反撃に転じる。

真っ直ぐ弧を描いて飛んで来た斬閃を、ルイーゼがたたらを踏んで避ける。

「な、なんか……流れが……？　だんだん、アルヴィン王子が押してきてねえか……？」

「そんなバカな……」

「いや、でも、確かに……」

観客の生徒がそう嘯くとおり、当初は防戦一方だったアルヴィンが、徐々に、反撃に転じる機会が多くなってきた。

「こ、この――ッ！」

ルイーゼが跳び下がり、剣を振りかざす。

それに応じて、周囲の吹雪が再び、締め上げるようにアルヴィンを呑もうとするが――

アルヴィンは、再び大きく息を吸い込み、ウィルを燃焼させて。

「疾く飛びて打ち据えよッ！」

緑の妖精魔法【風戦槌】。

まるで砲弾のような突風が、凍気を吹き散らしてしまうのであった。

そして、驚愕に目を見開くルイーゼへ、アルヴィンが果敢に斬り込んで行く。

上中下に迫り来るアルヴィンの三連刺突を、必死にかわすルイーゼ。

「く――ッ⁉」

「やぁ――ッ！」

そのまま、一気に追撃し、圧をかけていくアルヴィン。

いつしか――形勢は完全に逆転していた。

「ば、バカな……ッ⁉　アルヴィンのやつ、強くなってるのか⁉」

「まさか、この試合中に成長したとでも……ッ⁉」

クリストファーとセオドールが驚愕の声を上げる。

「し、師匠っ！　起きてくださいよ、師匠っ！」

するとテンコはたまらなくなって、椅子に腰かけて目を閉じるシドを揺さぶった。

「ん？　どうした……終わったかぁ……？」

シドは大あくびしながら身を起こして……

「って、なんだ？　まだ、やってるのか。……ったく、まだまだ精進が足らんな」

テンコが何度か揺さぶると、シドはようやく眠たげに目を擦りながら、大あくびした。

「そ、そんなことより、師匠！　これは一体、どういうことですか⁉」

「どういうことだって？」

「その……アルヴィンが、なんか試合中にどんどん強くなって……ッ！」

「アホ。そんなわけあるか」

とん、と。慌てふためくテンコの額を、シドが指で小突く。

「逆だ。ルイーゼが弱くなってんだよ」

「え⁉　それは一体、どういう……ッ⁉」

「どうも何も当たり前だ。ルイーゼはもちろん、この時代の騎士は、どいつもこいつも揃って妖精剣の使い方を勘違いしてんだ」

シドは首をコキコキならしながら、説明を始めた。

「ルイーゼが使える妖精剣のマナは、花で数えて十くらいだって言ったな？　大祈祷なんて、マナをバカ食いする魔法ぶっ放せば、半分くらい一気にぶっ飛ぶ。当然、以降、身体能力強化や魔法の威力はどんどん下がる。要は、妖精剣も疲れるんだよ」

「あ……」

「だが、アルヴィンは違う。身体能力強化はウィルを燃やして自前で行い、妖精魔法を放つ時はむしろ、マナを妖精剣に与えている。これなら戦闘が長引いても、息が続く限りアルヴィンと妖精剣の戦闘パフォーマンスはほとんど低下しない」

シドの言葉に、テンコ達がはっとする。

「そもそも、大祈祷なんて、本来ならウィルを前提として、使い手と剣が一心同体で行使する魔法だ。妖精剣におんぶにだっこ状態で撃っても、派手な見た目ほど威力が出ない。コスパは最悪、むしろ、剣のマナを無駄に捨ててるようなもんだ」

「そ、そうだったんですか……？」

「それに……だ」

シドが、立ち上がり、改めてアルヴィンとルイーゼの戦いを見る。

会場の視線を一身に浴びながら、激しく斬り結び、魔法を応酬し合うアルヴィンとルイーゼだったが……

「ふぅ……、ふぅ……」

額に珠のような汗を浮かべつつも、規則正しく呼吸するアルヴィンに対して。

「はぁー……ッ！　はぁー……ッ！　ぜぇ……ぜぇ……ッ！　なぜだ……ッ!?」

ルイーゼは明らかに苦しげに呼吸を乱し、疲弊しきっていた。

アルヴィンは額が汗ばむ程度だが、ルイーゼは全身にびっしょりと汗を流し、膝がかくかくと震え始めていた。

「そう。戦況が拮抗して長引くなら、最後に勝負を決するのはなんだ？　これぱっかりは大昔から決まりきっていて、未来永劫変わらない」

シドはニヤリと笑って言った。

「……根本的な基礎体力。毎日、鎧着て、死ぬ一歩手前まで走り込んだアルヴィンと比べれば、妖精剣に頼りきっていたルイーゼは、圧倒的に鍛え方が足りない。

だから、言っただろう？　もう終わったって」

シドが、そう宣言した——その時だった。

「そこ！　はぁ——ッ！」

立ち回りの中で、がくりと膝を一瞬崩したルイーゼに好機を見たアルヴィンが、地を蹴り突進、ルイーゼへと一気に仕掛けていた。

そして、古妖精語で叫ぶ――

「――我が刃に合わせて踊れ！」

ビュゴオ！

緑の妖精魔法【烈風】。アルヴィンが振るう剣に、局地的に凄まじい追い風が纏い付き、その振るう剣速を圧倒的に加速する。

その巻き起こす風圧は、ルイーゼを守る吹雪を一瞬にて吹き飛ばし――

風を纏って超加速した剣が、ルイーゼを真っ直ぐに襲った。

「う――ぁあああああ――ッ⁉」

ルイーゼは咄嗟に、眼前で交差させた剣でアルヴィンの剣を受けようとするが――

アルヴィンの突風纏う剣が、ルイーゼの双剣の防御を弾き飛ばして。

斬ッ！　そのまま、ルイーゼの胸部へと入る。

《湖畔の乙女》達が試合場に張った【不殺の結界】により、決して致命傷にはならないが

――そのダメージは深い。

「……か、は……ッ⁉」

巻き起こる風に吹き飛ばされて、空を舞い、地に叩き付けられるルイーゼ。

「げほっ……そんな、嫌だ……私は……負けるわけに……いかないのに……」

ルイーゼは、剣を杖代わりに震える身体を支え、なんとか起き上がろうとする。

「私……この国一番の……騎士にならないと……いけない……のに……ッ!」

だが。

やがて力尽き、ルイーゼはがくりと倒れ伏して、沈黙した。

「………………」

倒れ伏したルイーゼを相手に、未だ油断なく構えるアルヴィン。

「「「…………………」」」

しん、と静まりかえる会場。

「……バカな……バカな……バカな……」

只一人、クライスが口をパクパクさせながら、呻いていて……

「……………」

試合進行を務める審判員もまるで、夢見心地で眼前の光景を眺めている。

やがて、ルイーゼが一向に起き上がらず、目の前の光景が、最早覆りようのない真実であると認めざるを得ず。

「……勝者……アルヴィン王子……」

「「「ぉおおおおおおおおおおおおおおおおおお――ッ!」」」

そんな宣言と共に、その場を驚愕の大歓声が包むのであった。

鼓膜が破れそうなほどの歓声の最中――

「や、やりやがった！　アルヴィンのやつ、マジでやりやがった⁉」

「ほ、本当に……？　地霊位(アッシャー)が、神霊位(アツィルト)に……本当に勝ったんですの……？」

クリストファーやエレインら、ブリーツェ学級(クラス)の面々が、狐(きつね)につままれたような気分で、唖然(あぜん)としていると……

「はぁ……はぁ……た、ただいま、皆(みんな)……」

良(い)い汗をかいたアルヴィンが、意気揚々と戻って来る。

「おおおおおおお――ッ！　アルヴィン！　お前、すげえよっ！」

「ほ、本当に、なんかもう凄(すご)かったですっ！　おめでとう、アルヴィン！」

「ふん……まぁ……見事だった」

仲間達がそんなアルヴィンを取り囲み、背中をバシバシ叩いて大騒ぎだ。

「あはは、ありがとう……」

しばらくの間、アルヴィンは仲間達に揉(も)みくちゃにされるがままだったが。

やがて。

「……シド卿(きょう)」

シドの穏やかな視線に気付き、シドの前へおずおずと歩み出る。

「そ、その……僕、やりました。ええと……ど、どうでしたか……？」

すると、シドはアルヴィンの頭の上に手を乗せて。

「……よくやった。偉いぞ」

アルヴィンの頭をくしゃりと撫(な)でながら、そう短く賞讃(しょうさん)する。

アルヴィンが恐る恐る上目遣いで見上げると、シドは穏やかに微笑(ほほえ)んでいて……

「……はいっ！」

アルヴィンは幸せそうに顔を綻ばせるのであった。

そんなアルヴィンの視界の端で。

「アルヴィン……」

テンコが、どこか寂しげにアルヴィンを見つめている。

だが、さすがのアルヴィンも、この時ばかりは勝利の高揚と興奮、シドに褒められた嬉(うれ)しさで、テンコの様子のおかしさに気付くことはできなかった。

「しっかし、マジで神霊位(アッィルト)に勝っちまうとはなぁ！」

「さすがは偉大なる始祖、聖王アルスルの系譜ですわっ！」

「本当に、凄いですよ、アルヴィン……羨ましいです……」

そして、そんな風にアルヴィンを賞讃し、憧れるように見つめる他のブリーツェ学級の生徒達へ、シドがさもありなんとばかりに言った。

「何を言ってるんだ？　次は、お前達の番だろうが」

「え……？」

呆けたような視線がシドへと集まる。

「お前達の試合もこれからだろ？　アルヴィンに続いてサクリと勝ってこい」

「え、えええええええええええ――ッ⁉」

「わ、わたくし達も、ですの⁉」

慌てふためく一同へ、シドが悠然と応じる。

「ああ。安心しろ、お前達がこれから試合する予定の相手は、全員、精霊位だ」

「ちっとも安心できる要素がないんですがね⁉」

「そ、そそそ、そうですよっ！　神霊位は規格外ですけど、それでも精霊位だって、まるで怪物のように強いじゃないですかっ⁉」

「あ、アルヴィンならまだしも、俺達じゃ……」

そんな慌てふためく生徒達へ、シドが肩を竦める。

「さすがに、今のお前達じゃ神霊位(アツィルト)の相手は、まだ無理だろうな。だが——精霊位(ベリアー)程度なら勝てるぞ？」

シドの自信に満ちた指摘に、信じられないとばかりに息を呑(の)む一同。

「お、俺達が……？」

「べ、精霊位(ベリアー)に……勝てるですって……？」

「ほ、本当に……？」

「というよりな。お前達が目指しているのは誰だ？　俺だろ？」

に、と。シドは笑いながら言う。

「そして、お前達は、恐るべき力を持つ妖魔や暗黒騎士から、この国を守るために騎士になるんだろ？　なら、この時代のなんちゃって精霊位(ベリアー)どもくらい、そろそろ一蹴してもらわないと困る。大丈夫だ、俺を信じろ。そして、今まで必死に研鑽(けんさん)を積んできた自分を信じろ。お前達は……強くなってる」

そんな、シドの最上級の激励に。

「お、おうっ！　俺だって、やってやらぁ！」

「は、はいっ！　ですわ！」

生徒達は意気軒昂(いきけんこう)。覚悟を決めたように元気よく返事するのであった——

――と、そんな一同の様子を。

テンコは、少し離れた場所で、やはり寂しげに眺めていた。

「わ、私は……」

ぎゅっと、剣を不安げに握りしめる。

「私も……私だって……」

自分に言い聞かせるように、信じ込ませるように、テンコは呟き続ける。

だが、その不安げな表情が晴れることは、決してなかった。

そして、試合は――……

第三章　涙

キャルバニア城北東、ブリーツェ学級の寮塔。

暖炉に赤々とした火が燃える談話室にて――

「「「かんぱぁいっ！」」」

集まったブリーツェ学級の生徒達が、コップに注いだ林檎ジュースで乾杯をしていた。

「いやぁ、終わった、終わった！」

「お疲れ様ですわ、皆さん！」

四学級合同交流試合も終わり、今は、ブリーツェ学級の皆で打ち上げ会だ。

生徒達は満面の笑みを浮かべながら、昼間の試合の興奮冷めやらぬようであった。

「しっかしなぁ～、こうして終わってみた今でも信じられねえよ」

「そ、そそそ、そうですよねっ！　わ、私達がその……精霊位に勝てるなんてっ！」

リネットが、うっとりと夢見心地に言う。

「今までずっと頑張ってきたことが、こうして報われる日が来るなんて……」

エレインも、どこか感極まったように呟いていた。

エレインの戦績は、三勝〇敗。妖精剣の出力差を、ウィルによって埋めた彼女の華麗な剣と魔法の技巧は、常に対戦相手を翻弄し続けた。

「しかし、エレイン、さすがだよな。お前の試合、めっちゃ格好良かったぞ？」

「あら？　そうですの？　ふふ、嬉しいですわね」

「ああ……お前に比べて、俺の戦いの泥臭さときたら、もう……」

クリストファーが苦笑いでぼやく。

その戦績も、エレインと同じく三勝〇敗。

だが、エレインとは異なり、その全てが泥試合だ。

クリストファーの剣技は荒削りで、相手にペースを握られることも多いが、持ち前のタフさで相手の攻撃を耐えて、粘り勝ち続けたのだ。

「私に言わせれば、クリストファー、あなたの方が異常ですけどね。あんな疲れる戦い方で、結局、最後まで戦いきって……一体、どんな体力してるんですの？」

「実家が農家だからな。体力には自信あるんだ」

へへ、と。クリストファーが得意げに鼻をこすった。

「二人とも凄いなぁ……わ、私は……二人と比べると、まだまだですね……」

リネットが、たははと曖昧に笑う。

戦績は、二勝一敗。

「仕方ないだろ。君は、どちらかというとサポート役だ」

テーブルの端でチビチビとジュースのコップに口をつけながらセオドールが言った。

「君の魔法が力を発揮するのは、団体戦や騎馬戦だ。今回みたいな一対一の徒歩白兵戦(クロスコンバット)は、君がもっとも苦手とするところじゃないか。勝ち越せたことを素直に喜べばいい」

「だったら、お前も自分の勝利を素直に喜べよ」

クリストファーが囃(はや)し立てるように言うと。

「……ふん」

セオドールはむっとしたように、そっぽを向くのであった。

その戦績は、やはり三勝〇敗。

セオドールは近接戦で斬り結ぶのが苦手だ。彼の妖精剣はリーチの短い小剣(ショート・ソード)であるため、至近での白兵戦にまったく向いてない。懐(ふところ)に入られたら負けなのだ。

そこで、セオドールは完全に白兵戦を捨て、遠距離火力魔法で徹底的なアウトレンジ戦法を仕掛けたのである。それは、シドとの稽古で彼が得た一つの解答であった。

だが、そんなセオドールには、対戦相手や観客席から凄(すさ)まじい野次と罵倒が飛んだ。

〝ちゃんと戦え〟、〝卑怯だ〟、〝お前はそれでも騎士か？〟……

「…………」

そのことを思い出してしまったのか、少しセオドールの顔が陰る。

だが、そんなセオドールの肩を、シドが叩いた。

「気にするな。戦争は勝てば官軍だ。正々堂々も卑怯もクソもない」

「……シド卿って、本当に騎士だったんですか？」

セオドールが苦々しげに言った。

「騎士なら、もっとこう……騎士らしくとか、正々堂々たれとか言う場面では？」

「生憎、そんなお行儀の良い時代に生まれてなかったんでね」

シドが肩を竦めて応じる。

「無論、正々堂々とした騎士同士の決闘ロマンは否定しないぞ？　俺も、そういうの好ましく思うしな」

「ろ、ロマン……名誉と誇りを重んじる上層部の騎士達が聞いたら激怒しそうだ……」

「かもな。だがな、往々にして現実の戦争には、そんな正々堂々さやロマンの介在する余地がない場合が多い。

戦争が続けば続くほど、人は自らの心の闇の深さや醜さを思い知らされる。自分達人間が、いかに矮小な存在であるかということを突きつけられる。

だからこそ、俺達騎士は、〝掟〟を大事にしたんだ。心の闇に呑まれないために、正しさを忘れず、少しでも意味あることに剣を振るえるように」

「…………」

「たとえ、卑怯と呼ばれるかもしれない力でも、それをお前が騎士として、正しく使えるなら、何も恥じることはない。存分に誇ればいいさ」

生徒達はシドの言葉をじっと聞き入っていた。

先の王都動乱で死ぬか生きるかの実戦を経験したとはいえ、あくまであれは妖魔狩りであって、戦争と呼べるものではない。

戦乱の世も今は昔。今の世代のほとんどの人々は、戦争を知らない世代なのだ。

だからこそ、伝説時代——混沌の戦乱の世を戦い抜いたシドの言葉には、何か深く響くものを覚えていた。

「ま、今回、お前達は総じてよくやった。褒めてやる」

シドの賞讃に、生徒達の顔が綻ぶ。

「特にアルヴィン。神霊位のルイーゼを含め、きっちり見事に三勝だ。お疲れさん」

「あ、はいっ！　ありがとうございます！」

チン、と。

シドが手のコップを伸ばし、アルヴィンのコップへ軽く打ち付ける音が響いた。

そして、そんなアルヴィンの様子を。

「…………………」

どこか暗いテンコが、談話室の隅のほうで、じっと見つめている。

自分達の勝利の喜びで、そんなテンコに気付くことなく、生徒達の騒ぎは続いた。

「そうだよなぁ……アルヴィンのやつ、俺達と違って、神霊位（アツィルト）のルイーゼまでやっつけての三勝なんだよなぁ……くそ、まだまだ追いつけねえぜ」

「逆に、ルイーゼは少し可哀想（かわいそう）でしたわね……アルヴィンとの一戦で、完全に妖精剣のマナが尽き、大祈祷（きとう）の反動で昏倒（こんとう）……意識が戻らず、以降の試合は棄権……」

「神霊位（アツィルト）が一勝二敗で負け越しちゃう大番狂わせでしたね……」

「ふん、勝敗は兵家の常だろ」

だが、敗れたとはいえ、ルイーゼの圧倒的な力を思い出し、身震いする生徒達であった。

「で、でも、ちょっと納得いかねえよな!?　アルヴィン、神霊位（アツィルト）のルイーゼを倒して、三勝しただろ!?　なのに、なぜ、最優秀新人賞に選ばれねえんだよ!?」

クリストファーが少し憤（いきどお）ったように言った。

そう、アルヴィンは最優秀新人賞には選ばれなかった。

選ばれたのは、アンサロー学級の一年学級長ヨハンだ。アルヴィンと同じく三勝した、精霊位の妖精剣の使い手である。

全試合終了後の表彰式の際、ヨハン自身もまさか自分が最優秀新人賞に選ばれるとは思っていなかったらしく、なんとも複雑な表情をしながら、勲章を受け取っていた。

「まぁ……上でどんな合議があったか、薄々、想像は付きますが……」

「よっぽど、アルヴィンや僕達の勝利が気に食わなかったんだろうな」

「うぅ……世知辛いですねぇ……」

ため息を吐くしかない、セオドール、エレイン、リネット。

だが、そんな一同へ、シドが笑いながら言った。

「そんなん気にすんな。大事なのは、お前達の今までの努力が結実し、勝ったという事実……それが何よりの勲章だろう？」

「そ、そりゃ、そうっすけど……」

「だったら、そう腐るな。ほら、そんなお前達にご褒美らしいぜ？　来たぞ？」

シドがそう言った、その時であった。

談話室内に、どこからともなく、たくさんの家事妖精達が現れていた。

家事妖精(ブラウニー)達は、皆、料理が載った大皿を頭の上に載せていて……ぴょんっとテーブルの上に飛び乗り、テキパキと料理を並べていく。

「「「ぉおおおおおお――ッ!?」」」

その料理を見た瞬間、生徒達が大歓声を上げた。テーブルの上に並んだのは、この学校に入学してから、一度も食べたことないような大ご馳走(ちそう)であった。

焼きたての白パン、ローストビーフにプディング、パイ、フリッター、ポタージュスープ、ガレットにサラダ。デザートのフルーツタルト……まるでテーブルの上がキラキラと輝いているようであった。

「ええと、その……思わぬことで、功績点(ポイント)がたくさん入ったからね……」

アルヴィンが頬をかきながら、苦笑いで説明する。

「しばらくは余裕が出来そうだから、せめて今日くらいはいいかなって思って、食堂の家事妖精(ブラウニー)達に功績点(ポイント)を渡して、頼んでおいたんだ」

「ふっ。試合後、俺に渋々功績点(ポイント)を譲渡する筆頭教官騎士達の顔が超面白かった」

「も、もう……シド卿(きょう)は人が悪いんだから……」

そんなシドとアルヴィンのやり取りも、最早(もはや)、生徒達は上の空。皆、テーブルの上に並ぶご馳走に夢中であった。

　こうして。

「じゃあ、あらためて……今日の勝利に乾杯」

「「「乾杯〜〜ッ！」」」

　まるで夢のように楽しい夕食が始まるのであった。


「うおおおおお⁉　う、ウメェええええええええ——ッ⁉」

　ブリーツェ学級(クラス)寮塔の談話室内に、生徒達の歓声が響き渡る。

　空腹もあり、生徒達はテーブルに並んだご馳走に無我夢中でがっついていた。

「うぅ……この学校に入学して以来、初めてまともな食事をいただきました……」

「そ、そうですねぇ……ぐすっ……」

　エレインもリネットも、涙ぐんでいる。

「……ったく、大げさな連中だ」

　皮肉げにそう零(こぼ)すセオドールだが、そんな彼も食事の手が止まらない。

　そんな風に一同、大騒ぎで会話を弾ませていた。

「あはは、皆、よろこんでくれたようで良かった」

　アルヴィンは、そんな一同の様子を見つめながら、穏やかに笑った。

「シド卿、どうですか？　この時代のまともな食事は」

アルヴィンが右隣に腰かけるシドへ問いかける。

「んー……」

すると、意外にも、シドは料理を口に運びながら、なんとも複雑そうな顔で呻いた。

「柔らかすぎて歯ごたえがない……味付けが複雑すぎて、舌が曲がりそうだ」

「そ、そうなんですか……それは残念でしたね……あはは」

相変わらず現代人とは感覚がズレているシドに、アルヴィンは苦笑いするしかない。

「そういうことでしたら、次からはシド卿の分は別枠で頼みますね」

「頼むぜ」

そんなやりとりをし、今度は左隣に腰かけるテンコを見る。

「…………………」

テンコは、ちょこんと小さく席につき、自分の前の空の皿を、ぼうっと見つめていた。

目の前に山と積まれた料理には、まったく手をつけていないようであった。

「……テンコ。ほら、君も」

アルヴィンは、そんなテンコを促す。

「君の大好きな、東方の……ええと、アブラアゲも頼んでおいたよ」

「その……今日の試合の結果のことなら、あんまり気に病んじゃ駄目だよ。シド卿も言ってたろう？　君はまだまだこれからじゃないか。だから……」

だが、そんなアルヴィンの気遣いは、テンコには届かなかった。

「……ありがとうございます、アルヴィン……でも……私は、やっぱりいいです……」

「て、テンコ……だから、今日の試合のことなら……」

「い、いえ、そうではなくて……私、あんまりお腹減ってなくて、あはは……」

「そんな……」

「それに……私、実は今からちょっと用事があるんです。だから、私はこの辺で……」

不意に、テンコが席を立った。

「テンコ！」

「アルヴィン、今日は全勝、おめでとうございます。やっぱり、アルヴィンは凄い人です……いつか、絶対、立派な王になって、凄い騎士達をたくさん従えるようになります。先王アールド様のように」

「…………」

「……ふふっ。今夜は、存分に楽しんでくださいね」

そう言い残して、テンコはそっと談話室を後にする。

楽しい一時に夢中な他の生徒達は、テンコの退室にまったく気付くことはなかった。

「……テンコ！」

アルヴィンが立ち上がって、そんなテンコの後を追おうとするが。

「主催がどこへ行く？」

それは、シドが伸ばした手に肩を押さえられ、封じられる。

「祝いの宴席で、臣下を放置して席を立つ王があるか」

「で、でも……ッ！　テンコが……」

「俺が行く」

少し泣きそうな表情のアルヴィンへ、シドがそう立ち上がった。

「俺に任せろ」

真っ直ぐにアルヴィンを見つめてくるシド。

その目はとても穏やかで……そして、深い。

「シド卿……」

アルヴィンはしばらくの間、その目を吸い込まれるように見つめていて。

やがて、決断した。

「わかりました……テンコを……どうかよろしくお願いします。あの子はその……どうしても、昔から思い詰めてしまうところがあって……」

「……おう」

そう応じて。

シドも、一同に気付かれないように、そっと談話室を退出していくのであった。

——談話室を出た後。

テンコは、ブリーツェ学級寮塔の裏庭にやって来ていた。

周囲をちょっとした森に囲まれた、寂しげな空間だ。家事妖精達が最低限の手入れを定期的にしてくれているだけで、憩いの空間として見るべきものは何一つない。

あまりの面白みのない殺風景な庭ゆえに、ブリーツェ学級の生徒達すら、滅多に訪れることのない場所であった。

「…………」

テンコはそんな裏庭の真ん中に、一人ぽつんと佇む。

日はとっくに沈み、辺りは真っ暗だ。

ぽつんと一つだけある庭園灯の光だけが、周囲をぼんやりと照らしている。

見上げれば、空は重苦しい雲に覆われている。

この地方の秋の天候は崩れやすく、昼間は快晴だったというのに、今はすっかり一雨降り出しそうな様相だった。

吹き荒ぶ風はやがて来たる冬の気配を感じさせるように冷たく、身体の芯から熱を奪っていく。囲む森の奥から、時折、ギャアギャアと小さく聞こえる鳥の鳴き声。

そんな空間で。

「…………」

テンコは、そっと己が妖精剣――刀を抜き、構えた。

そして、素振りを始める。
一、二、三……シドに習った、特殊な律動の呼吸――ウィルの呼吸と共に剣を振る。
だが、テンコの身体には何も起こらない。

それでも、テンコはウィルの呼吸を続けながら、素振りを続ける。

百一、百二、百三……無心になって素振りを続けていく内に、ついに空が崩れ、ぽつ、ぽつと小さく、冷たい雨が降り始めていく。

テンコの身体を少しずつ、冷たい雨が濡らしていく。

だが、それにまったく構わず、テンコは素振りを続ける。

これまでの人生で何十万回と振り続け、とっくに身体の芯まで染みついた素振り型を、
恐ろしいまでに正確になぞりながら。
テンコは、昼間の試合を一人、思い返す――
――――。

「ぎゃはははは――ッ！　ざまぁねえなぁ⁉　テンコぉ⁉」

試合場に、哄笑が響き渡っていた。

デュランデ学級の精霊位の妖精剣の使い手、ガトだ。

「……う……ぐぅううう……ッ⁉」

そして、全身ズタボロになったテンコが、ガトの足下で蹲っている。

辛うじて刀は手放していないが……最早、誰の目から見ても、勝敗は明らかだ。

この学校で行われる実戦形式の試合は、《湖畔の乙女》達の【不殺の結界】や、癒やしの魔法や秘薬の用意もあって、致命的な大事になってしまうことがまずない。

ゆえに、試合は片方が意識など失って戦闘不能になるか、降参するまで続けられる。

とはいえ、実際に意識を失うまで試合が続けられるケースは少ない。

利き腕を負傷する、足を負傷する、これ以上やっても勝ちの目はない……そんなある程度のダメージを負った方が、先に降参して試合終了するケースが大半だ。

テンコは、もうとっくに降参してもおかしくないほど追い込まれている。

だが——彼女は降参しなかった。

「まだ……まだ……です……ッ！」

刀を杖代わりに、がくがく震えながら立ち上がる。

今にも崩れそうな身体に鞭打ち、震える膝を叩きながら、刀を構える。

「せめて……せめて、一勝は……一勝くらいしないと……ッ！　私は……ッ！」

「テンコ！　もういい！　やめるんだっ！」

この試合場の外野で、アルヴィンが悲痛な叫びを上げた。

現在、他のブリーツェ学級は違う試合場で試合中のため、このテンコの試合を見ているのは、アルヴィンだけだ。

「それ以上は、無駄に身体が痛めつけられるだけだっ！　テンコ！」

だから、アルヴィンは一人必死にテンコを止めようとするが、テンコには届かない。

「私は……騎士に……アルヴィンの騎士に……なるんだからぁ……ッ！」

全身を苛む気が狂わんばかりの激痛に耐えながら、テンコは気迫だけで意識を繋ぎ、ガトへと斬りかかった。

だが、普段なら疾風のように鋭い、テンコの斬撃も。

今は、そよ風のように遅く、弱々しい。

「おっとぉう？」

当然、ガトは余裕でそれをかわし、テンコの足を引っかける。

「あうっ!?」

崩れる自身を制御できず、テンコは再びガトの足下で無様に這いつくばることとなった。

そんなテンコを見下ろしながら、ガトがニヤニヤと笑う。

「いっやぁ〜、それにしても、お前だけは雑魚いままで本当に良かったぜ！」

「――ッ!?」

「何をやったか知らねえが、お前の学級の連中、地霊位のくせに、インチキ臭えくらい急に強くなりやがって……まぁ、いいわ。お前は雑魚のままだったしな」

「……くっ……そ、それは……ッ！」

テンコが反論しようと、手をついて再び立ち上がろうとするが……

ぐしっ！　その手をガトに猛烈に踏みつけられて、動きを封じられてしまう。

「あぐっ!?」

「しかし、みっともねえよなぁ？　お前だけじゃねーか？　お前の学級(クラス)でここまでボロ負けしてんの。恥ずかしくねえのかよ？」

「……う、ううう……うううう〜〜ッ！」

「お前、言ってたよな？　アルヴィンの騎士になるってよ？　だがこりゃあ、アルヴィンも、お前の弱さに呆(あき)れて、捨てるんじゃねえの？　くっくっく……」

　心の奥底にグサリと刺さるものを感じ、テンコが目を見開く。

「そ、そんな……ことは……ッ！」

　そんなテンコに構わず、ガトはへらへら笑いながら続けた。

「前から、何度も言ってんだけどさ……いい加減、お前、アルヴィンに仕えるのやめて、俺の所に来ねえ？」

「……な、……そんな……」

「俺、昔っから、貴尾人(きびと)を一匹飼ってみたくてよ？　けど、天華月国(てんかげっこく)が滅んだ今、連中って超激レア商品でさぁ？」

　テンコは、以前からガトが、貴尾人としての自分にご執心であることは知っていた。

　それは決して男女の愛とかではなく、愛玩動物か奴隷としての執心であることも。

「いい加減、あんな先行き詰んだ王子に義理立てするのやめて、俺の所に来いよ？　俺は別に、お前が雑魚でも捨てねえぜ？　精々可愛がってやるよ、クックックッ……」

「……ッ！」

「お前が俺のものになるって誓うなら、そうだなぁ？　負けてやってもいいぜ？　弱っちいから滅んだ国の生き残りにゃ上等だろ⁉　ぎゃははは——ッ！」

許せない。許せない。悔しい。

自分だけでは飽き足らず、一族の誇りすら貶めるこのガトという少年が許せない。

そして、そんなガトに対し、何一つ反撃できない、弱い自分が悔しい。情けない。

こんな屈辱があるものか——ッ！

「テンコ！　もう止めて！」

「う、ぁあああああああああああ——ッ！」

アルヴィンの悲痛な叫びも届かず、テンコは力を振り絞って、ガトの足を振り払い、立ち上がった。

「よくも、我が誇りをッ！　許せない……許せないっ！　うぁああああ——ッ！」

そして、そのまま、泣きながら、ガトへと斬りかかる。

それはもう型も技も何もない、ただ刀を振り回しただけの、無様な一撃だった。

「ったく、貴尾人の女って、マジで頭悪ぃなぁ……しゃーねえ」

ガトは襲いかかってくるテンコへ、悠然と剣を振り下ろすのであった──

──。

──ふと気付けば、水の爆音。

「はぁ……はぁ……ッ！」

いつしか、辺りは土砂降りであった。

天をひっくり返したような激しい雨が音を立て、テンコの全身をぐっしょりと濡らす。

暗雲立ちこめる空の隙間に、時折、蛇の舌のように姿を見せる雷鳴。

冷たい雨に刺し穿たれ、テンコの全身から刻一刻と体温が奪われていく。

「……ぜぇ……ぜぇ……ぜぇ……ッ！」

それでも、テンコは素振りをやめない。刀を振るい続ける。

愚直なまでに、教えられた通りにウィルの呼吸を繰り返して、振り続ける。

だが、テンコのウィルは──燃えなかった。燃える兆し一つすらなかった。

それゆえに、熱はどんどん奪われていき……全身からは力が失われていく。

「……はぁ……ッ！　はぁ……ッ！」

重い。身体が鉛のように重い。いつもは羽根のように軽い刀が重い。

あれだけ身体に染みついた素振り型が、いつしかバラバラに乱れていく。

今日、テンコに突きつけられた現実――〇勝三敗。

身体以上に、心が重たかった。

薄々、自分がそんな結果に終わるだろうことは予想がついていた。

だが、学級(クラス)の仲間達は皆、精霊位(ベリアー)を相手に、次々と勝利を挙げていた。

きっと、シドのおかげだ。

シドの教えによって、皆、自分達が躓(つまず)いていた壁を乗り越えることができたのだ。

だが――そんな皆とは裏腹に、無様に負け続けた自分はなんなのか？　同じようにシドの薫陶(くんとう)を受けておきながら、ここまで差を付けられてしまった自分はなんなのか。

「……ああ……」

がしゃん……振り下ろした刀が静止せず、そのまま地を穿つ。

「はぁ……ッ！　はぁー……ッ！　ぜぇー……ッ！」

なんとなく……テンコはなんとなく察してしまった。

きっと、自分は……騎士にはなれないのだ、と。

アルヴィン達とは違い、自分はそんな器じゃなかったのだ、と。

だって、そもそも。

私は、本当は――……

「……ぁ……ああ……」

テンコは、がくりと膝を折る。

地面に突き立った刀に縋(すが)り付き、俯(うつむ)く。

「ぐすっ……ひっく……うあ、ぁあああ……ぁあああああ……ッ！」

そして、雨に打たれるまま、テンコがむせび泣こうとしていた……その時だった。

「泣くな。立て」

唐突に、そんな言葉を背後から浴びせかけられて、テンコがはっと顔を上げる。

恐る恐る背後を振り返ってみれば……一体、いつからそこに立っていたのだろう。

「…………」

そこにはシドが立っていた。

テンコと同じく、全身、濡(ぬ)れ鼠(ねずみ)だ。どうやら、もう長いことそうしてテンコの後ろに佇(たたず)み、テンコのことを見守っていたようであった。

「……し、師匠……」

しばらくの間、テンコはどう言葉を返していいかわからず、口を噤(つぐ)んでいたが。

やがて、絞り出すように呟(つぶや)いた。

「……ぐすっ……ひっく……ごめ、……ごめんなさい……」

「なぜ、謝るんだ？」

「だって、私……師匠にあんなに教えてもらったのに……何も生かせなかった……」

テンコは泣き声で絞り出すように、そう言った。

「…………」

「……無様……ですよね……こんな体たらくなのに、私、思っていたんです……師匠に教えてもらえば、私なら誰よりも強くなれるはずだって……」

「…………」

「私……天華月国の武家の娘で……剣を習い始めたのは、恐らく、学級(クラス)の誰よりも早くて……実際、純粋な剣の勝負なら……私が一番で……でも……」

「…………」

「自惚(うぬぼ)れてました……私……才能なかったんですね……ぐすっ……ひっく……」

不意に、シドが動いた。

ゆっくりと歩いて、テンコの傍(かたわ)らに立ち……テンコの濡れた頭をぐしゃりと撫(な)でた。

「自分が、自分を見限るんじゃない」

「……師匠……？」

「世界は往々にして冷淡だ。自身を正しく理解してくれる、認めてくれるケースの方が稀だ。だからこそ、せめて自分だけは……自分を信じてやらなければならない」

一体、その言葉に、シドはどんな思いを込めているのか。

「そうだ。自分だけは、自分が為すべきこと、為したことを、信じてやらなければならないんだ」

雨が滝のように降り注いでくる闇の空を見上げながら、そう力強く言った。

なぜか、その言葉にはとてつもない重さが宿っていた。

「テンコ。お前の試合は全部見ていた」

少し間を開けて。

「そして……俺は一つ、お前に問わねばならないことがある」

シドは神妙にそう言った。

「な……なんでしょうか……？」

ほんの少しだけ、何かとてつもなく嫌な予感に襲われ、テンコが恐る恐る問い返す。

シドはしばらくの間、押し黙り……そして、残酷に問う。

「お前は……〝本当は騎士になりたくない〟と、そう思っているな？」

「──ッ⁉」

その瞬間。

空に閃光が迸り、どこかに落雷する轟音が闇の中に響き渡った。

やがて、雷鳴が鳴り止んで。

再び、水の爆音が支配する騒然たる静寂が訪れたとき。

「……な……何を……言っているんですか……？」

テンコがカタカタと震えながら、呟いた。

「わ、私が本当は騎士になりたくない……？　さ、さすがに師匠でも言って良いことと、悪いことがありますよ……？」

きっと。テンコは涙に濡れた目で、シドを睨み上げる。

だが、シドはテンコの心の奥底を見透かすような深い目で、じっと見下ろすだけだ。

「なんで、そんな……そんな酷いこと言うんですか……ッ⁉　私が、一体、今までどれだけ騎士になるために、ずっと、ずっと頑張ってきたと思ってるんですか⁉」

「…………」

「私は、祖国を滅ぼされて……ッ！　この世界の全てに絶望していた時、アールド王とアルヴィンに救われて……ッ！　だから、そんなアルヴィンを王に頼まれて、アルヴィンを守るために、必死に……ずっと、必死に……ッ！」

「…………」

「なのに、酷いです……そんなことを言う人だなんて思わなかったッ！　やっぱり、あなたは……人の心が分からぬ《野蛮人》だったんですねっ！」

悲哀と憤怒が渦巻くテンコへ。

シドは淡々と言った。

「以前、俺はお前に言っただろう？　〝剣は人の心を映す鏡だ〟と」

「……ッ⁉」

「俺は、今日のお前の試合を、遠くからずっと見ていた。ああ、確かにお前は必死で戦っていた。お前の剣技はとても美しい。いつ見ても惚れ惚れする。

だがな──試合という、明確に白黒がつく勝負のせいだろうな。敗色が濃厚になると、途端にお前の剣には、今まで上手く隠していたとある感情が、見え隠れするようになる。

それは……安堵だ」

はっ、と目を見開くテンコへ、シドが続ける。

「それが意味することは、即ち――……」

「そんなの嘘です、そんなことは有り得ませんッ！」

だが、テンコは、ぶんぶんと頭を振って、頑迷にそれを否定した。

「いや、俺はこの手の目利きに自信がある。お前は、心の奥底のどこかで騎士になりたくないと思っている。何か心当たりはないか？　教えてくれ、大事なことだ」

「違います、そんなことは絶対に……ッ！　私は、ずっと騎士になるために……ッ！」

「……テンコ」

すると、シドは蹲るテンコの正面で片膝をついて、視線の高さを合わせる。

そして、テンコの目を真っ直ぐ、深く覗き込み……そして言った。

「騎士は……〝その心に勇気を灯す〟」

「――ッ⁉」

「絶望的な強敵に立ち向かうだけが勇気じゃない。己の弱さと、本当の自分と、逃げずに向き合うのも……また、勇気だ」

「…………」

テンコは呆けたように、至近で顔を突き合わせてくるシドを見つめ続ける。

「…………」

しばらくの間、両者の間に重苦しい沈黙が立ちこめる。

ざぁ、ざぁ、ざぁ——降り注ぐ水の爆音すら遠く静寂に包まれる、その一時。

刻一刻と奪われていく熱。まるで時と共に世界が凍り付くかのよう。

時折、空で嘶く雷鳴と閃光が、その静止した時間を壊す。

やがて——

テンコはついに、観念したように、絞り出すように呟くのであった。

「……はい……」

まるで虫が鳴くようなか細い声だった。

「わ、私……ひっく……ほ、本当は……ぐすっ……えぐっ……騎士に……騎士になんか……なりたくなかったんです……ッ！　戦うことが恐いんです……ッ！」

ついに、テンコは自分の心の奥底に、頑なに封印していた想いをこじ開けて、ぶちまけて……シドにしがみつき、激しく嗚咽するのであった。

しばらくして。

少し落ち着いたテンコは、ぽつぽつと消え入るように語り始めた。

「私のお母さん……天己は、帝様と国を守る真の武人で……本当に強い人でした。私の憧れでした。ずっと、ずっと、私の目標だったんです」

「…………」

「それなのに……故郷が滅ぼされたあの日……お母さんは、とある暗黒騎士に、呆気なく殺されてしまった。誰も、何も、守れなかった……」

「…………」

激しい雨の中、頭を抱えるテンコの独白に、シドは静かに耳を傾け続ける。

「当然、国を滅ぼされた怒りはあります……母親を殺された憎しみだって……いつか、強くなって、皆やお母さんの仇を討ってやる……そんな気持ちもあります。でも……それ以上に……あの時、私の心は折れいいました」

「…………」

「だって、あれだけ強かったお母さんが、結局、何も守れなかったんですよ？　あの日以来、私の心の奥底にはとある不安と恐れが常にあります……それは……〝私如きが何をやっても、結局、全部、無駄なのでは？〟」

「…………」

「それに……もし、私がアルヴィンの騎士になるのなら……私は……きっと、いつか母を殺した暗黒騎士と対峙することになる……十字傷の兜の、あの……」

テンコが自分の身体をかき抱き、ぶるりと震えた。

「恐い……あの騎士に対する怒りより、私はあの騎士が恐い……私がいくら強くなっても……きっと、私は何もできずに殺される……そんな嫌なイメージが拭えない……」

「…………」

シドが感情の読み取れない表情で、そんなテンコをじっと見つめていると。

「あは、あはは……師匠って……本当に凄い人ですよね……」

テンコが細かく震えながら、乾いた笑いを零し始めた。

「師匠の言う通りです。私、本当は騎士になんてなりたくない……騎士になることが重荷だったんです……でも、大恩あるアールド王にアルヴィンを頼まれたから……何もかも失った私には……もう、それしか道がなかったから……」

「…………」

「師匠を、真っ先に〝師匠〟って呼んだのも……思えば、自分の逃げ道を断って、強く自分を騎士の道に縛りつけようとしたのかもですね……」

「…………」

「ぐすっ……ひっく……ごめんなさい、師匠……私、こんなに情けない子で……失望しましたよね……？　呆れましたよね……？」

俯きながら、さめざめと嗚咽するテンコの肩を。

「テンコ」

シドは優しく叩いていた。

「辛かったな。話してくれて、ありがとうな」

「し、師匠……」

「おかげで、お前がなぜ、ウィルを使えるようにならなかったか、わかった」

「……え？」

目を瞬かせるテンコへ、シドが続ける。

「ウィルについて、お前達に一つ教えてないことがある。……今のお前達には、必要ないと思っていたからな」

「……そ、それは……？」

「以前、俺は、ウィルは魂を燃やす技だと説いたな？　特殊な律動の呼吸でこの世界を満たすマナを自身の魂へと取り込み、それを己がマナへと昇華させるのだと」

「はい……」

「その魂を燃焼させる際、特殊な呼吸法の他にもう一つ必要なものがある。それは、ほんの微かな、それでも確かな感情の火種……己が譲れぬ信念のために、真っ直ぐに突き進も

うとする、強く前向きな正の感情……意志だ」

「意志……？」

呆けたように問い返すテンコへ、シドが頷く。

「〃一念岩をも通す〃と言うだろう？　一度、何かを為すと決めた人の信念は、時に信じられないほどの力を発揮する。ウィルとは、まさにそれの延長線にある」

意志――そう聞いて、何か胸の内にストンと落ちるものを、テンコは感じていた。

思えば、ブリーツェ学級の生徒達は、アルヴィンも、クリストファーも、エレインも、リネットも、セオドールも、皆、それぞれの強い意志で騎士を志していた。

騎士を目指す理由こそそれぞれだが、そこに裏表などない。

「正義、夢、希望、友情、博愛……そういった正の意志によって燃やす魂……だから、〃ウィル〃だ。伝説時代、ウィルの使い手のほとんどが騎士だった理由は、それだ。そういったもののために、己が剣と命を捧げ生きる者達こそが――騎士だからだ」

「………」

しばらくの間、テンコはシドの顔を無言で見つめて。

やがて、乾いた笑いを浮かべて俯いた。

「道理で、私がウィルを使えないわけですね……だって、私……本当は騎士になりたくないんですから……恐い、逃げたい、戦いたくない……そんな後ろ向きな負の感情ばかりですから……はは、あはは……」

テンコはそのまま、自嘲するように乾いた笑いを零していたが。

「……私、学校……もう……辞めます……」

ひとしきり笑った後、そうボソリと呟き……

「私……器じゃなかったんです……私みたいな中途半端者がいても、アルヴィン達に迷惑がかかるだけで……だから、私……ッ！　ぐすっ……ひっく……うぅ……」

やがて、雨に打たれるまま、さめざめと泣き始める。

だが──そんなテンコへ、シドは毅然と言った。

「それでも──お前は騎士になるべきだ」

その瞬間、再び、空を雷鳴と雷光が引き裂く。

テンコの視界が一瞬、真っ白に白熱し──徐々にシドの顔を再結像していく。

テンコを真っ直ぐ覗き込むシドの顔は──やはり、どこまで深く真摯だった。

「なん……で……？」

わけがわからないとばかりにテンコが問い返す。

「なんで……ですか……？　だって、今、言ったばっかりじゃないですか……私は、本当は騎士になりたくないって……だから、ウィルも使えなくて……」

「確かに……お前が騎士になることを重荷に感じていたのは事実なのだろうな。だが——決して、それだけじゃないはずだ」

「——ッ⁉」

「俺は言った。お前の剣は美しいと。あの剣は、後ろ向きな気持ちでは決して至れない剣だ。全てを失っても続けた、お前の直向き(ひたむき)さの結晶。そこには、何か前向きな意志(ウィル)が確かにあったはずだ」

「そ、それは……」

「そもそも、騎士になりたくないお前が、お前の全てなら……なぜ、泣く？」

「——ッ⁉」

テンコが、はっと雨と涙に濡(ぬ)れた頬を押さえる。

「その涙こそが証(あか)しだ。お前は、騎士になることを重荷に思いながらも……やはり大切な何かのために騎士になりたかった。……それだけさ」

「そ、そんなのわからない、わからないですよぉっ！」

テンコが、駄々っ子のように頭を振りながらシドへ吠(ほ)えかかる。

「だって、そんなの……そんなの矛盾してるじゃないですかっ⁉」

「テンコ。人の心は光か闇か、白か黒か――そんな単純なもんじゃない」

だが、シドはテンコの叫びを正面から毅然と受けた。

「人は誰しもが、常にその双方を矛盾だらけのまま抱え、万華鏡(まんげきょう)のように千変万化させながら生きている。心の内面をただ一色で塗り固めているやつはいない。だから、皆、迷い、苦しみ、葛藤する」

「で、でも……ッ！　わ、私は……ッ！」

「アルヴィンだって、そうだ」

「あ……」

シドの指摘に、テンコがはっとしたように押し黙る。

「アルヴィン……女の身空で男として王になる……本当に、何の迷いも葛藤もなく、その苦難の道を、ただ真っ直(す)ぐな一念でひた走っていると本気で思うか？　辛い、逃げたい、苦しい……あいつが、欠片(かけら)もそんなことを感じない破綻者とでも？」

「そ、それは……」

言葉に詰まるテンコに、シドは踵(きびす)を返し、背を向ける。

「ならば、アルヴィンとお前の違いは何か？　それは、己の弱さを認めた上で前に進む覚悟を決めたか、己の弱さを認めず、見て見ぬ振りをしていたか……それだけだ」

「…………」

そして、シドはテンコからゆっくりと歩いて離れ……そして振り返った。

蹲るテンコとの彼我の距離——約十メトル。

そして、シドがゆっくりと身構えた。

「さて、改めて問うぞ。テンコ、進むも退くも、まさにここが己の人生の分水嶺と知れ。今、この瞬間、全身全霊で自分の心に向き合って、答えを出せ」

「あ……う……？」

「お前は……今、見て見ぬ振りをしていた自分の弱さに向き合った。その上で騎士になることを望むのか？　望まないのか？　その道を進むのか？　退くのか？」

「…………」

「いずれにせよ、お前の決断を、俺は尊重することを誓おう。返答やいかに？」

ざぁ、ざぁ、ざぁ……

二人の間を、激しい雨音の静寂が支配する。

時間が止まったような錯覚が、辺りを支配する。

「そ、そんなこと、急に言われても……わからないです……ッ！」

やがて、テンコがぶるぶると震え始め、吐き捨てるように叫んだ。

「師匠、教えてくださいッ！　私はどうしたらいいんですかッ⁉」

「甘ったれるな。お前が自分で考えるんだ」

だが、いつになく厳しいシドの言葉に、テンコは、びくりと震えて息を呑(の)んだ。

「騎士とは、大義のため、己が仕える主君のために、己が命と魂(ウィル)を燃やす者だ。それを為せるのは、自らの意志で騎士たらんとある者だけだ。

お前が自ら決断できないならば、この先、お前は間違いなく騎士にはなれない。中途半端なまま、いつか必ず、どこかの戦場で無駄に命を散らす」

「う……ぁ……わ、私は……」

雨に打たれるまま項垂(うなだ)れるテンコは、言葉を探るように唇を震わせる。

だが、言葉が出てこない。

自分は騎士になりたいのか？　なりたくないのか？

テンコの思考は、ぐるぐると堂々巡りして麻のように乱れ、まるで糸を紡(つむ)がない。

「わ、私は……」

それでもテンコは考える。自分が何者なのかを。何を望むのかを。

ざぁ、ざぁ、ざぁ……

激しい水の爆音がもたらす冷たい静寂の中、必死に思考の糸を手繰る。

騎士になる——一体、それはどういうことか？　そこには、騎士という皆が憧れる華々しい存在の裏にある、目を背けてはならない現実がある。

それは、騎士となれば、この先、血みどろの闘争世界に身を置くことだ。

いつか、母親の仇のあの恐ろしい暗黒騎士と戦うということだ。

この命を、いつかどこかの戦場で、主君たるアルヴィンのために散らす……そういう最期を覚悟し、受け入れるということだ。

恐ろしい。嫌だ。逃げたい。どうして、私がそんな目に？　なぜ、私がそんな道を？

そんな未来を想像しただけで、テンコの全身は恐怖で震え上がる。

（考えてみれば……私……元々は……）

ただ、ちょっと、剣が好きなだけの少女ではなかったか？

母親が格好良くて、憧れて……剣を練習すれば、母親が〝凄いね〟って頭を撫でて褒めてくれる。だから嬉しくて、頑張って練習していただけ。

憧れの母親の後を追うように、誰かを守る武人の道を歩みたいと思っていただけ。

その道を歩むことがどういうことなのか、まるで分かってなかった。無垢なる憧れを抱くだけで、幼い自分は何も知らなかったのだ。

そうだ。

退くべきだ。向いてない。
こんな臆病な私は、騎士になんてなるべきじゃない。
もし騎士になったとしても、いつか、絶対にそれを後悔するに違いない。
だから、私は──
「私は──騎士には……ッ！」
…………。
…………。
……結論は出ている。答えは出ている。
なのに、なぜ？　なぜ、その先の言葉が続かないのか。
たった、それだけの言葉が、どうして口を突いて出ないのか──？
〝騎士にはならない〟。〝もうやめる〟。
何かが、心につっかえている。最後の一線を拒む障壁となっている。
それは一体、なんなのか……？
テンコがその正体を探すように、俯きがちな視線を、ふと上げた……その時だった。
「……あ……」
テンコは気付いた。

「…………」

いつの間にやって来たのか、アルヴィンの姿が、小さく視界の端にあったことに。

裏庭の隅で、アルヴィンは同じように雨に打たれながら、こちらの成り行きを、じっと見守っている。

「……アルヴィン……」

その瞬間、テンコは、自分の心の形を悟る。

「……あ……ぁ……」

そうだ。

かつて、自分は全てを失って、この世界に絶望して、生きる気力も失った。

だけど、アルヴィンが救ってくれた。アルヴィンのおかげで再び笑うことができた。

(私は……そんな優しいアルヴィンが大好きで……)

でも、アルヴィンには、過酷な運命が待ち受けている。

女の身空で、男として王になること。

やがて、この国を守るために、様々な敵と戦わなければならないこと。

アルヴィンのこの先の人生が艱難と辛苦に塗れているであろうことは想像に難くない。

女としてのごく当たり前な幸せなど望むべくもない。

私はそんなアルヴィンの重荷を少しでも背負ってあげたくて……守りたくて……傍で支えてあげたくて……だから……

「……あ……あぁ……？　わ、私……」

そう、それは単純な話だった。

自分が騎士を目指した本当の理由。

確かに、アールド王にアルヴィンを頼まれたことが、一つのきっかけではあったけど。

本当は、ただ、私がアルヴィンを──……

「──なりますっ！」

それに気付いた瞬間、テンコは反射的に吠えた。

「私は騎士になる……ッ！　なりたい……ッ！　アルヴィンのために……ッ！　アルヴィンを守るために……ッ！　だから──……」

その瞬間だった。

シドの姿が──霞み消えた。

降り注ぐ豪雨を真っ二つに割って、テンコへと突進し──左手を繰り出す。

呆然(ほうぜん)と突っ立つテンコと、シドが交錯し――

「きゃあッ!?」

テンコが派手に吹き飛ばされ、水溜(みずた)まりの中を派手にバウンドしていた。

「よくぞ決断した。我が弟子」

シドが泥まみれで倒れ伏すテンコを、真摯な表情で振り返る。

「ならば、立て。剣を構えろ」

「けほっ……な、何を……?」

いきなり、わけがわからないという顔をするテンコの前で、再びシドの姿が消える。

ざばっ！　水が割れる音。

シドが影のようにテンコとすれ違い――再びテンコの身体(からだ)が派手に吹き飛んでいく。

「かはっ！　げほっ！　ごほ!?」

「テンコ。今、お前は決断をした。ならば、もう言い訳も泣き言もない」

シドが振り返り、再び無様に地を舐(な)めるテンコを見据える。

「もし――お前が騎士の道を諦め、別の道を選んだならば、俺はお前の新たなる人生の門出を祝っただろう。

だが――今のお前は騎士だ。騎士であることを望み、騎士の道を選んだ。もう後戻りはできない。甘えは許されない。お前は強くならなければならない」

「し、師匠……」

「ならば、立て。辛くても、苦しくても、歯を食いしばって立て。泣きながらでも剣を振るえ。今のお前の決意を剣に乗せて、俺に打ってこい！　お前は騎士なのだろう⁉」

「～ッ！」

そんなシドの叱咤に。

冷え切ったテンコの心の奥底に、燻るような熱が僅かに灯った。

それを駆動力に──テンコは剣をゆっくりと構え──

「──ぅ、ぁ、ぁあああああああああああ──ッ！」

バシャバシャバシャッ！　水溜まりを蹴ってシドへ突進し、斬りかかる。

「ふ──」

だが、テンコが間合いに入った瞬間、シドの姿は再び信じられない速度で消え──

「っきゃあああああ──ッ⁉」

テンコは再び吹き飛ばされ、泥水の中を転がっていく。

「そんなものか？　その程度か？　やはり、騎士を諦めるか？　別に構わないぞ、それがお前の決断ならば」

「諦め……たくない……ッ！」

歯を食いしばって立ち上がるテンコ。

「でも、私は……ッ！　弱くて……ッ！　あまりにも……弱くて……ッ！」

その刹那、シドが神速でテンコの傍らを通り過ぎる。

再三再四、テンコの身体が吹き飛ばされる。

「泣き言を漏らしている暇があったら、一撃でも俺に打ち込め」

「うぅ……うぁううう……ッ！」

泥まみれのテンコが刀を杖代わりに、立ち上がり──

「ぁああああああああああああああああ──ッ！」

再度、吠えて、シドへと突進──全力で斬りかかる。

「ふ──ッ！」

迫り来る斬り落としを、シドは身体を捌いてかわす。雨を斬って唸る切り払いを、身を退いて外し、繋ぐ切り返しを、その刃の腹を指で小突いて弾く。

泣きながらも猛然と斬りかかってくるテンコの連続攻撃を、シドは悉くかわしていく。

「まだだ！　もっと踏み込め！　全力で！　俺を殺すつもりで来い！」

「なんで……なんで……ッ！」

がむしゃらに、最早、技も何もなく、滅茶苦茶に斬りかかりながら。

テンコは泣き叫ぶように、シドへ問う。

「どうして、師匠は……こんな私を……ッ！　弱くてみっともない私を……見限らないんですか……ッ!?　見捨てないんですか……ッ!?」

「…………ッ！」

シドはテンコの問いを受けながら、淡々とかわし続ける。

「だって、私……自分でも嫌になるくらい弱くて、情けなくて……それなのにまだ、騎士を諦められない……ッ！　なのに……なぜ、師匠は……ッ!?」

すると。

どんっ！　シドが攻撃をかわしざまに、テンコの胸部へ軽く押し当てた、寸打。

その凄まじい衝撃に、テンコの身体が浮く。その身体が水平後方にボールのように吹き飛び、バウンドしながら転がっていく。

げほ、ごほ、と。泥水を吐いて蹲るテンコへ、シドが言った。

「バカめ。弟子を見限る師匠があるか」

「〜〜〜〜ッ!?」

這いつくばるテンコが、はっと目を見開いた。

「〝騎士は真実のみを語る〟……誓おう。〝俺は、お前を見限らない〟。俺は、いつだってお前の師匠だ」

「し、師匠……」

「さぁ、打ち込め！　剣を振れ！　人の心は必ず強くなる！　なれる！　お前が強く在ろうという意志を抱き続ける限り！」

シドの言葉が、その一字一句が、圧倒的熱量でテンコの魂を炙る。

シドは、絶対に自分を見捨てない——そんな安心感が、テンコの心の隙間を満たしていく——そんな時であった。

どくん……荒く喘ぐように呼吸を繰り返すテンコは、身体の奥底が熱く震えるような感覚を覚えていた。

「……ぁ……あああ……？」

熱い。今まで感じたことのない感覚。何かが激しく燃えるような——

だが、今のテンコにそれを意識している余裕はない。

応えなければならない。こんな情けない自分のために、ここまでしてくれる師匠に、何かを示さなければならない。

だから、この胸の奥に燃え上がる〝熱〟に、衝き動かされるように——

「ぁああああああああああああああ──ッ！」

テンコは立ち上がり、吠えて、地を蹴って、駆け出した。

悠然と佇むシドへ、真っ直ぐ突進する。

最早、歩法は滅茶苦茶、呼吸はバラバラ、剣の型はもう見る影もない。

それは、テンコの今までの人生の中で一番無様な一撃だ。

だが──全身が熱い、燃えるように熱い。

理屈ではなく魂が理解する──これこそが、今の自分になし得る最高の一撃なのだと。

「あああああああああああああああ──ッ！」

そして──


きぃいいいんっ！


──気付けば。

テンコが振り下ろした一撃を、シドは左の掌で受け止めていた。

シドには、当然のように傷の一つも付いていない。

「……あ……」

途端、急激にテンコの全身から熱が抜けていく。力が抜けていく。

あまりの脱力感と倦怠感に立っていられない。意識が千々になっていく。

ぐらり……テンコがそのまま前のめりに倒れようとして……

がしっ！　シドの力強い右腕に、テンコの身体は抱き留められていた。

「……し、師匠……？」

「よくやった」

ぐったりとしたテンコを抱えながら、シドは左手でテンコの頭を撫でた。

「それが……ウィルだ」

「……ウィル……い、今のが……？」

「ああ。ほんの一瞬だけだが、今、お前のウィルは確かに燃えた。お前は今まで目を背けていた自分の弱さと向き合い、改めて本当の自分の心の声を聴いた。……それがお前にとっての強い意志となった。魂の火種となった」

「…………」

「今のは偶然だ。まだウィルに開眼したとはいえないが、確かに片鱗を摑んだ。お前の意志が、お前の道を切り開いたんだ。……大丈夫だ。お前は強くなれる」

「し、師匠……」

「補習はここまでだ。さぁ、あがるぞ。そろそろ身体に障る」

「……師匠……師匠ぉ……ッ！」

テンコはこみ上げてくる熱いものを抑えきれず、ボロボロ泣きながら、シドへ縋った。

「ぐすっ……ひっく……ありがとう……ありがとう、ござい……ます……」

「ああ」

こうして。

シドの腕の中で――テンコの意識は徐々に遠ざかっていく。

シドは、そんなテンコを横抱きに抱え、寮塔へ向かって歩き始める。

――そんな二人を。

「テンコ……良かった……」

アルヴィンは、穏やかな顔で見守っていたのであった――

第四章　忍び寄る闇

ぴちゃん……反響する水滴の音。

立ちこめる白い湯煙。心地良い熱気。

そこは大理石で作られた、広い浴場。

テンコはなみなみと熱い湯の張られた湯舟の中に、一糸纏わぬ姿で浸かっている。

「ふぅ……生き返ります……」

ぴくっと動く狐耳、湯の中を泳ぐ尻尾。

冷えきっていたテンコの肢体に、心地良い熱が染み込んでいき、疲労が溶けていく。失われつつあった手先つま先の感覚が、痺れるような感覚と共に復活していく。

清楚な曲線を描くテンコの白い裸身が、湯の中でほんのり桜色に色づいていた。

「お疲れさま、テンコ」

テンコのすぐ傍には、同じく一糸纏わぬアルヴィンが、テンコと肩を寄せ合い、くっつくように湯に浸かっている。

否——今のアルヴィンはアルヴィンではない。魔法の櫛で偽装を解き、その金糸のように長く美しい髪が、揺れる湯面を美しい細流となって流れている。

今のアルヴィンは、王子ではない。

ただ一人の女の子——アルマであった。

その彫刻のように均整の取れた美しい裸身。青い果実のような胸の膨らみ、水滴をピンと弾く瑞々しく張りのある肌。立ちこめる湯煙が、そんなアルマの身体の輪郭を申し訳程度に隠している。

「どう？　怪我は残ってない？　結構、シド卿に酷くやられてたけど……」

「正直、治癒の魔法を使うまでもなく、痣一つなかったです。どうやら衝撃だけを通して吹っ飛ばしてくれたみたいで……ホント、師匠の技量は化け物です」

ため息を吐きながら、不思議そうに自分の身体を見つめるテンコ。

そんなテンコを、アルマは嬉しそうに見つめた。

「ふふっ、こうして私がテンコと一緒に、お風呂に入るのは、本当に久しぶりだね」

「そ、そうですね……私達が子供の時は、一緒によく入っていましたよね……」

どうにも気恥ずかしいテンコは、隠れるように、ゆっくりと身を湯に沈めていく。

先刻、シドの補習が終わった後、アルヴィンは人目を忍んで、テンコをキャルバニア王城上層階にある自身の居館内の個人浴場へと誘ったのだ。

久しぶりに一緒に入浴しないか、と。

互いの立ち場を考えるなら、断固として断らなければならないところだが、その時のテンコは、素直にアルヴィンの提案を受け入れた。そうしたかったのだ。

「うんうん。思い出すなぁ……子供の頃のテンコは、お風呂が大嫌いで、私はテンコを、ちゃんと温まらなきゃダメって、無理矢理、お湯の中に引っ張りこんでたよね？」

「そ、そんなの昔の話です……っ！　それを言うなら、アルマだって髪を洗うのが下手で、私が代わりに洗ってあげていたじゃないですかっ！」

「あ、あはは、もうそんなの昔の話だよ……」

照れたように、アルマが肩でテンコを小突いた。

「でも、こうしてテンコと一緒にお風呂に入らなくなって……ううん、入れなくなって、もう結構経(た)つよね……」

「……そうですね。あなたも私も、今はお互い、立ち場がありますから」

するとテンコは、急に不安げな顔で恐る恐る聞く。

「あ、あの……本当に良かったんでしょうか……？」

「何が？」

「そ、その……私とアルマが、こうしてお風呂なんかに、一緒に入っちゃったりして」

「………」

「こんな時間に、私があなたの居館を出入りしていたなんて……もし、誰かに知られたら、きっと妙な噂に……その……」

だが、顔を赤くして言いづらそうなテンコに、アルマはクスクス笑って返す。

「私は、別にそれでもいいかな？」

「えっ⁉」

「だって、王家の男子に愛人や妾がいても不思議じゃないもの。私とテンコがそんな風に噂されるってことは、私がちゃんと男だと思われてるってことだから」

「由緒正しき王家の嫡子が、夜な夜な、貴尾人の私に夜伽の相手をさせてるなんて噂されて……嫌じゃないんですか？」

「テンコが相手だったら、全然、そんな噂へっちゃらだよ」

「もう……アルマったら……」

「あはは」

呆れながらため息を吐くテンコに、アルマははにかむように笑った。

そんな風に、しばらくの間、テンコとアルマが他愛もない話題に花を咲かせながら、久々の一緒の入浴を楽しんでいると。

「……ありがとう、テンコ」

不意に、アルマがテンコにお礼を言ってきた。

「どうしたんですか？　急に」

「テンコがね、私の騎士になる道を選んでくれたことが嬉しいの」

そう呟くアルマの微笑みはとても幸せそうであった。

「私もね……実はずっと気になっていたの。ひょっとしたら……私はテンコに、ずっと余計な重荷を背負わせていたんじゃないかって……だから……」

「何を言ってるんですか！　変なこと言わないでください！」

ばしゃん！　と。湯を跳ねさせる勢いでアルマへ振り返り、堂々宣言する。

「私は、アルマを守る騎士になるんです！　子供の頃からそう決めているんですから、アルマが変な負い目を感じる必要はないんです！　それに――」

ふと、テンコが押し黙る。

湯の熱で少し浮かされたような思考の中、浮かんでは消えていくのは――あの冷たい雨の中、自分と真っ直ぐ向き合ってくれたシドのことだ。

（……師匠……）

シドの眼差しの放つ強き光が、テンコの網膜に焼き付いて離れない。

シドがくれた強き言葉が、今もなお、テンコの中でぐるぐると反響している。

それをこうして、小さな胸の内で反芻しているだけで、気分が高揚する。

シドを思っているだけで頬が熱くなり、身体がふわふわするような感覚を覚える。

（……なんだろう、これ……？）

この胸に灯る、温かな感情……それに呼応するように身体の奥底から不思議と勇気が湧いてくる。まだまだ未熟だけど、これから頑張ろうという希望が溢れてくる。

（そうだ……あの人がいれば心配ない……あの人についていけば……私は……）

高鳴る鼓動を感じながら、テンコがそんな風にぼんやり思っていると。

「むぅ～、テンコ、君は今、一体、誰のことを考えているのかなぁ～？」

いつの間にか、アルヴィンはテンコの背後に回り込んでいた。どこか不機嫌そうに、ほっぺを膨らませ、両手でテンコの胸を鷲掴みにする。

「ひあああああ!?　アルマ!?　何を!?」

ピンと耳を立てて、素っ頓狂な悲鳴を上げてしまうテンコ。

「主君を差し置いて、他の男の人のことを考えてるふしだらな女騎士は、お仕置きだよ。えいえいえいえい」

「うひゃあああんっ⁉　ちょ、アルマ⁉　だっ、ダメです、ダメぇ⁉」

ばしゃばしゃと上がる水飛沫。激しく波打つ湯面。艶めかしく絡み合う二人の少女の裸身。暴れる手足が立てる水音と悲鳴が、浴室内に反響する。

だが、やがて、それらは――

「ふふっ、あははっ！　あはははっ！」

「えへへ……あはははっ！」

――楽しそうな、じゃれ合いの笑い声へと変わっていくのであった――


――――。


真夜中の秘密の入浴も終わって。

人目を忍ぶように、ブリーツェ学級寮塔の自室に戻ったテンコは、寝間着に着替え、ベッドの上に大の字になって転がっていた。

風呂上がりであるため、身体が火照っている。

だが、それ以上に、テンコは何か身体の奥底に静かに灯る熱を感じていた。

ざぁ、ざぁ、ざぁ……窓の外は未だ豪雨の止む気配はない。

部屋の隅で静かに燃える暖炉の炎が、室内に忍び込む冷気を押し止めている。

「…………」

薄暗い部屋の中、テンコは雨の音を聞きながら、天井に向かって手を伸ばす。

その手をぼんやりと見つめながら、物思う。

先ほどから自然と思い浮かんでくるのは、やはりシドのことであった。

（……師匠……）

思えば、今日は色々あった。

試合にボロボロに負けて、騎士を目指すのをやめたくなるほど落ち込んで。

そして、豪雨の中、シドへありったけの胸の内と感情をぶつけ、素の自分をさらけ出して……やっぱり自分は騎士になりたいんだと気付くことができた。

そして、無我夢中の中、ほんの一瞬だけだけど……ウィルを燃やすこともできた。

「…………」

戦うことは恐いし、重荷にも感じる。

それでも、自分はアルヴィンを守りたい。傍に居たい。

きっと、それだけは嘘偽りない、テンコ＝アマツキの真実だから。

「うん、よしっ！　明日から、また頑張ろうっ！　ウィルだって……これから、もっと頑張れば、きっと自在に使えるようになります！　いえ、なるんです！」

テンコはベッドの天蓋を見つめながら、小さく気合いを入れた。

「師匠が……私の師匠で、本当に良かった……」

シド。伝説時代最強の騎士。

自分の師匠は本当に凄い人なのだ。自分でも気付かなかった、目を背けたかった弱い部分を察し、あんな豪雨の中、最後まで向き合ってくれた。

師匠として、弟子は絶対に見捨てない……そうまで言ってくれた。私の弱さを受け入れてくれた上で叱咤し、支えてくれて……それでいて誰よりも優しくしてくれる。

あんな人が、他にいるだろうか？

テンコはくるっとひっくり返り、俯せになる。枕に顔を深く埋める。

（……アルヴィンには、少し申し訳ありませんけど……やっぱり、今は……今だけは……師匠のことで胸が一杯です……）

なんだろう？　今日の豪雨の一件で、自分のシドに対する何かが変わった気がする。

元々、自分はシドに対して強い感情を持っていた。

だが、それは伝説の騎士──自分よりも遥か高みにいる存在に対する、憧憬とか崇拝とか、そういう類いの感情のはずだった。

でも……今、シドに抱くこの感情は、思いは。

(なんとなく……私がアルヴィンに抱く感情に似ている……それでいて……その感情とは微妙に方向が違う……そんな気もする……)

なんだか、くすぐったくも心地良いその感情の正体を探ろうとすれば、自然と動悸がする。頬が熱くなっていく——

(……まあ……いいです……今日はもう………)

熱に浮かされたような思考が、少しずつ遠くなっていく。

最早、今日は心身ともにくたくただ。とりあえず、もう休みたい。

アレコレ考えるのは……明日からにしよう——

「……師匠……アルヴィン……私はあなた達がいれば、きっと……」

テンコが、大切な人達のことを思い浮かべながら、夢の中へゆっくりと沈もうとしていた——まさに、その時だった。

『くすっ……うふふっ、あはははっ……』

その深海の底から響いてくるかのような、少女の嗤い声に。

昏く冷たくも、まるで鈴が鳴るような、妖しい美しさで響く嗤い声に。

心地良い多幸感のまま落ちかけていたテンコの意識は——一気に覚醒した。

疲れきった身体に鞭打って跳ね起き、ベッドの傍らに立てかけてあった己の妖精剣を引っ摑みながら、ベッドから転がり起きる。

何の前触れもなく唐突に出現した、その何者かへ、素早く身構える。

すると、自室内に設置されているソファに——

「くすくすくす……こんばんはぁ？」

——一人の少女が足を交差させながらも、実に優雅な挙措で腰かけていた。

死を想起させる、不気味なまでに白い肌と美しい銀髪。同性の自分すら惑わす妖しい色香。煌びやかなゴシックドレスを着用した少女だ。

頭にはなぜか、禍々しい造形の王冠を戴いている。

顔には、貴族達が仮面舞踏会で着用するような、目元だけを隠す仮面。

明らかに正体を隠す意図のその仮面のため、その王冠の少女の相貌の造形はいまいち把握できないが——この少女が、恐らく絶世の美少女であろうことはわかる。

そして、違和感。この時、テンコはこの仮面の少女が、自分の知っている誰かに似ている……と、心のどこかで感じていた。

だが、それを改めて考察する心の余裕は微塵もなかった。

なぜなら——闇が。仮面の少女から立ち昇る圧倒的な闇が。

テンコの五感を狂わせ、背筋を凍てつかせ、テンコに凄まじい圧力をかける。

目の前にいるのは可憐な少女だというのに、まるで雲衝く巨人のような存在感。

そして、その一角に立ちこめる、深海の底のような闇。燃える暖炉の炎の光も、暖も、瞬時に塗り潰され、氷点下を振り切ったかのよう。

そんな人の形で在りながら、人を外れた魔人が、テンコの前に現れていたのだ。

「な……何者ッ⁉」

「そうねぇ……？」

その仮面の少女は、人差し指を可愛らしくその細い顎に添えて、答えた。

「エンデア。そうね、今はエンデアとでも名乗っておこうかしら？」

「え、エンデア……？」

それは確か、古妖精語で〝終焉〟を意味する言葉だ。

「それはさておき。ねぇ、テンコ＝アマツキ。私ね……あなたに用があって来たの」

「なんで……私の名前を……？　そもそも、あなた、一体どこから……ッ⁉」

応えず。

とんっ、と。ブーツの底を鳴らして、エンデアがソファから立ち上がる。

そのまま、艶然と微笑みながら、ゆっくりとテンコへと歩み寄ってくる。

「ふふふ……騒がないでね？　テンコ」

「……ぁ……」

その瞬間、テンコの時は止まった。

過呼吸を繰り返しながら、一歩も動けないまま、歩み寄ってくるエンデアを凝視する。

猛烈な予感があった。動けば死ぬ。殺される。

手が、膝が、全身がガクガクと震える。自然と涙が溢れてくる。

左手に提げた鞘付きの刀が——とてつもなく重い。

今にも取り落としてしまいそうだった。

「あらあらあらあら？」

そんなテンコの様子に、かくん、と。仮面の少女は壊れた笑顔で首を傾げた。

「恐いの？　ねぇ、恐いの？　私が恐いの？　テンコ。くすくすくす……」

危険だ。このエンデアという少女はとてつもなく危険。

恐い——なのに、その言葉はどこまでも甘く、安らぎすら覚えてしまう。

「……ッ！」

温まっていたはずの身体は、すでに雨に打たれていた時よりも冷え切っている。
全身から滝のように冷や汗を流しながら——テンコは漠然と悟っていた。
（私は……これから、死ぬ……）
どくん、と。テンコの心臓が張り裂けんばかりに動悸がする。
石像のように硬直するテンコに、仮面の少女が悠然と歩み寄ってくる……
（この感覚は、あの時と同じ……お母さんが、十字傷の暗黒騎士に殺された、あの時と
……ッ！　私は殺される……何も……できずに……ッ!?）
テンコは理屈ではなく、魂でそう直感する。
かつて感じた、噎せ返るように漂う死の気配。エンデアが〝その気〟になれば、庭師が
バラの余分なつぼみを摘み取るように、自分の命は手折られるのだ。
自分とこの少女の間には、それほどまでに絶望的な差がある——
「……ぁ……あ……ああ……ッ!?」
やがて、エンデアが互いの吐息すら感じる至近までやって来て、顔を近付けてくる。
そして、テンコへ妖しく微笑みかけながら言った。
「可哀想に……こんなに震えてしまって……」
エンデアは怯えて震えるテンコの頬に、右手で、つ、と触れる。

「そんなに怖がらなくてもいいの……私は別に、あなたに危害を加えるためにやってきたわけではないのだから」

「……あ……」

「ふふ、安心なさい？　そう……あなたは安心していいの……」

その瞬間、テンコの全身が、糸の切れた人形のように脱力した。

思わず膝をついて崩れ落ちそうになるのを必死に堪える。

寸前まで感じ取っていた死の気配。それから解放され、心底、安堵する。

まだ、生きられるんだ。生きていていいんだ。

そう思ったら、情けないほど安堵してしまったのだ。

「……じゃ、じゃあ……」

テンコは掠れる言葉で、絞り出すように問う。

「え、エンデア……あなたは……一体……何のために、ここへ……？」

すると、エンデアはテンコの顎を、くいっと摘んで持ち上げる。まるで接吻でもするかのような距離で、テンコの顔を覗き込む。

「私ね……あなたと友達になりたいの」

「と、友達……？」

「そう。お と も だ ち」

心底わけがわからなかった。ゆえに最早、恐怖以外の何物でもない。

なのに、なぜだろう？　エンデアの眼差しは、言葉は……テンコの心の中にどんどん忍び込んでいく。テンコという存在を浸蝕していく――

「私ね……あなたのことが気に入ったの。私達、きっといい友達になれると思うわ。……どう？　アルヴィンなんか捨てて、私のところに来ない？」

「な……」

その途端。カッ！　と燃え上がる感情の爆発と共に、身体が動くようになる。

テンコは、誘惑を振り切るようにエンデアから跳び離れ、居合い抜きの構えを取った。

「あなた、アルヴィンの敵――ッ⁉」

「あら？　怒っちゃった？」

きょとんとするエンデア。

「ふざけないでくださいっ！　私はアルヴィンの騎士！　アルヴィンを守るために戦うと決めたんです！　それを惑わすようならば、最早問答無用！　容赦は――」

「うふふ、そう強がらなくてもいいの」

そんなエンデアの声は、耳元から聞こえた。

「え？」

気付けば、正面に捉えていたはずのエンデアの姿がない。

テンコは、背後からエンデアに抱きしめられている。

「本当に、あなたはいつだって強がってばっかり。本当は、誰よりも臆病で弱いのに……いつも、本当の自分に嘘を吐いて、強がって……そんな生き方、疲れない？」

エンデアがテンコの耳元で囁く。テンコの魂に毒を染み込ませるように、甘く囁く。

「ち、違う……だって、師匠が教えてくれました……確かに、臆病な私も、私自身ですけど……アルヴィンの騎士でありたいと願う私も、私自身だって……だから……ッ！」

「うんうん、そうそう、わかるわぁ」

くすくすくす……エンデアが笑う。嘲笑う。

「でも、いくらそう自分に言い聞かせたところで……結局、臆病なあなたも、あなた自身よねぇ？　嘘偽りなき、あなたの真実……違う？」

「……う……それは……」

テンコが咄嗟に反論できずにいると。

ちゅ。エンデアが悪戯っぽくテンコの頬へ、小鳥が啄むようにキスをする。

その瞬間、キスされたテンコの頬に燃えるような感触があった。その箇所から、どす黒い何かがテンコへと流れ込み、テンコの魂（ウィル）を浸蝕していく。心を穢（けが）していく。

「う……あ……ぁああ……ッ⁉　い、今……何を……ッ⁉」

自身に起きた異変に狼狽（うろた）えるテンコへ、エンデアが続ける。

「うふふ……目を背けちゃ駄目よ、テンコ。誰かを守りたい……誰かの力になりたい……そんな耳心地良い言葉で、自分を誤魔化しちゃ駄目。ちゃんと向き合わなきゃ、自分自身の本音と、恐怖と闇と。……いくら気高くとも、人間、死んだら終わりよ？」

「……あ……う……」

「あなたは恐（こわ）いの。戦うことが。母親と同じ運命を辿（たど）ることが。なのに、そんな自分に嘘を吐いて、どうしてアルヴィンのために騎士になる……なぁんて軽率に言ってしまえるの？　本当にそれでいいの？　後悔しない？」

エンデアの問いかけは――シドの問いかけと同じで、シドとまったく逆方向だった。

もう自分の中で答えは、出たはずなのに。

再び、わからなくなってくる。自分自身があやふやになってくる。

先ほど騎士になると、あれだけ固く誓ったのに、どうしてこんなに揺らいでいるのか。

エンデアの、甘く妖しい言葉を聞いていると、心が曖昧になっていく。

「な、なら……ッ！」

次第にあやふやになる心を少しでも守るように、テンコは声を張り上げた。

「どうしろっていうんですかッ⁉　私はどうすればいいんですかっ⁉」

それは、先ほどシドにも戒められた〝主導権を相手に委ねる最悪の問い〟であった。

そして、そんなテンコを見て。

エンデアは満足げに、妖しく艶然と微笑んで……言った。

「だから、言ったでしょう？　私達、友達になりましょうって」

「え……？」

「私なら、あなたのその恐怖と闇を取り除いてあげられる。あなたを束縛し、苦しめることしかできないアルヴィンと違って、あなたを真に自由に、幸せにしてあげられる」

「そんなの……一体、どうやって……？」

「簡単よぉ？」

背後からテンコへ抱きつくエンデアは、右手を前に伸ばし、テンコの眼前で掌(てのひら)を開く。

すると、その手に闇がわだかまり……闇から何かが生まれていく。

刀だ。真っ黒い刀身の禍々(まがまが)しい造形の刀。

見るも悍(おぞ)ましい、圧倒的な闇のマナが、その刀身から立ち上っている。

「答えは……〝力〟」

「ち、力……？」

「そう。それも何者をもねじ伏せ、ひれ伏せさせる絶対的な力……そんな力があれば、あなたの恐怖は吹き飛ぶと思わない？　もう何も恐くない……そう思わない？」

「あ、ああ……」

「私は、あなたにそんな力をあげられるわ。そう……あなたが望むだけで、あなたは幸福になれるの……この剣を握れば、ね」

テンコが眼前にかざされた黒刀を、恐る恐る見つめる。

「……これ……ひょっとして黒の妖精剣……？」

「そうよぉ？　あなたのために、私が心を込めて誂えた、あなただけの剣」

「まさか……あなたは、オープス暗黒教団の……？」

テンコの問いかけにエンデアが笑う。どこまでもクスクスと嗤う。

エンデアの誘いを受けるか否か。そんなものは考えるまでもなかった。

受ければ、もう二度と日向の世界には戻ってこられない。

そもそも暗黒騎士は母親の仇。一考にも値しない。

（でも、なんで……その誘いを受け入れたいと考えてる私がいるの……？）

恐らく、エンデアの誘いを受けなければ、自分は無事では済まない。殺される。

だが、それを差し引いても――その誘いは蠱惑(こわく)的で魅力的。

そう感じる自分が、何よりも一番の恐怖であった。

それは、あのキスのせいなのか、それとも何らかの魔法なのか、エンデアの声を聴いているると、自分の心がわからなくなってしまう。

エンデアの言葉こそが、この世界の真理であると感じられるようになり、このまま身を委ねてしまいたくなるのだ。

「ほらほら、受け取ってよ……そう……この剣の力は凄(すご)いわよ？」

エンデアが動けないテンコの手を握り、黒刀を握らせる。

「う、あ……」

途端、テンコの全身を塗り潰していく、ドス黒い万能感。

握らされた刀から、特濃の闇がテンコの中へ流れ込み、心を、身体(からだ)を、どんどんと塗り潰し、テンコを別の存在へと変質させていく――

同時に、自分が信じられないほどの高みに押し上げられていくのがわかる。

凄(すさ)まじい力。今まで必死こいて修業していたことが、バカバカしくなるほどに。

「ね？　凄いでしょう？　あなたがあれほど渇望(かつぼう)した力を……こんなにも、簡単にあげられるの……私ならね？」

「う、あ……やだ、やめて……ッ！」

自分が、何か別の自分へと変わっていく恐れと嫌悪感。

だが、そんな感覚すらもどんどん、薄れていって……

せめてもの抵抗に、テンコは咄嗟にその黒刀を手放そうとする。

だが——

「な、なんで……ッ⁉ 刀が手から離れない……ッ！ どうして⁉」

「それは、あなたが心のどこかで、その剣を受け入れているからよ……」

エンデアの言葉に、テンコの心がぞくりと震える。

その震えが、嫌悪なのか歓喜なのか、もうそれすらわからなくなっていた。

「わ、私が……望んでいる……？ こんな悍ましい力を……ッ⁉」

「そうよ。だって感じるでしょう？ 圧倒的な力を……絶対的な力を」

「——ッ⁉」

「同時にわかるでしょう？ あなたの心の奥底のあらゆる恐怖が消えていくのを」

「あ……あああ……あああああ……ッ⁉」

恐ろしかった。エンデアの言うことが全て真実だったからだ。

あれだけ、常に自分を苛んでいた恐怖が、闇に塗り潰されて綺麗に消えていく——自分の心を万能感と多幸感が支配する――それが何よりも恐ろしかった。

だが、今、その最後の恐怖すらも消えていく。

「やだ、やだ、やだっ！　わ、私は……ッ！」

「いいのよ……闇の力に身を委ねなさぁい？　あなたには誰よりも強い暗黒騎士になれる才能があるの。

そして、私は、あなたを苦しめ、あなたのことなんか何も顧みない薄情なアルヴィンとは違うわ。私はあなたの幸福を心から願うし、そのために何でも与えてあげられる。

私とアルヴィン、どっちがあなたの親友に相応しいか……決まってるわよねぇ？」

そして。

「あ、あ……アル……、……し、しょ……」

テンコの全てが、闇に塗り潰されようとしていた……

……まさに、その時だった。

「あ、ぁ、ぁあああああああああああ――ッ！」

テンコの身体が、弾かれたように動いた。

魂が引き千切れるような感覚を覚えながら、黒の妖精剣を床に叩きつけるように放り捨て――

己が妖精剣の柄に手をかけ、抜刀一閃。

あらゆる闇と誘惑を振り払い、テンコがエンデアへと振り返り様の居合い抜きを放つ。

当然、エンデアは、それをゆらりと跳び下がって、余裕でかわす。

テンコの決死の一撃はかすりもしない。

だが——

「……なんで？」

エンデアは、テンコと床に打ち捨てられた黒の妖精剣を、呆けたように見比べる。

「はぁー……ッ！　はぁー……ッ！　はぁー……ッ！」

テンコは全身を瘧のように震わせながら、俯いている。

「ねぇ？　なんで？」

ふるふると、エンデアも肩を怒らせながら、底冷えするように問う。

「なんで……私を拒絶したの？　いえ、拒絶できたの？」

「ぜぇ……ぜぇ……ぜぇ……」

「おかしいわ、そんなの。だって、私、あなたの心の中、散々覗いたし……〝魅了〟も使ったもの……ッ！　抵抗なんて、そんなの無理なはずだものッ！」

「ふぅ……ふぅ……ふぅ……」

「あなたの心は、いつだって莫大な恐怖と闇を秘めていたわ……あなたは逸材……誰よりも強い暗黒騎士の素質があった……ッ！」

「はっ……はぁ……はぁー……ッ！」

「だから余計に、あなたは拒めないはずだった！　今のあなたにとって、黒の妖精剣は麻薬のようなものだったはず！　なのに、なぜ⁉　なぜ、拒めたのよ⁉」

エンデアのヒステリックな叫びに。

テンコが目尻に涙を浮かべながら、言い放つ。

「き、騎士は……ッ！　〝その心に勇気を灯す〟……ッ！　私は……アルヴィンの騎士……ッ！　あなたの輩には……ならない……ッ！」

「…………………」

途端、エンデアが沈黙する。

沈黙、沈黙、沈黙。

何か致命的な予感を孕む、危険な沈黙が辺りを支配する。

エンデアの顔が、呆気に取られた表情から、やがて無表情となり……さらに、ふつふつと憤怒と激情を漲らせていく。

そして──

「……何それ？」

やがて、エンデアが昏い奈落の底のような目で言った。

「シド卿？　ひょっとして、シド卿のせいで、あなたは闇の誘惑を突っぱねたわけ？」

「……？」

「あの人は……そこまでアルヴィンの味方するの？　私には何もしてくれなかったくせに……アルヴィンにはそこまでするの⁉　なんで……そんな……ッ！」

エンデアはしばらくの間、激憤を堪えるように爪を噛んでいたが。

やがて――

憑き物が落ちたかのように、その表情から感情が死滅する。

「残念だわ、テンコ。あなたとなら、良い友達になれると思ってたのに。私をそうやって拒むなら……もう、こうするしかないわね」

動けないテンコの前で、テンコが打ち捨てた黒の妖精剣――黒刀を拾い上げる。

エンデアはそれをテンコへ見せつけるように、その刀身に指を這わせ……テンコへ向かって切っ先を、ゆっくりと向ける。

「……ぁ……」

テンコが喉奥から掠れたような呟きを漏らした、その瞬間。

どすっ！

「かは——ッ!?」

エンデアは瞬間移動のような挙動で、テンコの胸部に黒刀を突き立てていた。

完全に貫通した黒刀の切っ先が、テンコの背中から飛び出す。

ばしゃっ！　鮮やかに空間に咲いた血華。

血を吐くテンコの手から刀が滑り落ち……音を立てて床に転がる。

「あ、あ……アル……、……し、しょ……」

テンコの全身から、力がみるみるうちに抜けていく。

がくり、黒刀が刺さったまま、膝をついて。

ばたり、床に力なく倒れ伏す。

テンコの身体は、床に広がっていく己の血潮の海の中へと沈んでいく。

そして——

「さよなら」

そんなテンコを、冷酷に残酷に見下ろすエンデアの呟きと共に。

テンコの意識は、深く深く闇の底へと落ちていくのであった——

第五章　失踪

──合同交流試合の翌日。

その日、夜が明けるや否や、ブリーツェ学級寮塔内に激震が走っていた。

「エレイン！　テンコは見つかったかい⁉」

「すみません、アルヴィン！　やっぱり、どこにも見当たりませんわ！」

「くっ⁉　わかった、また後で！」

エレインとすれ違って互いに状況を確認し合い、アルヴィンが階段を駆け上る。

アルヴィンやエレインだけではない。

クリストファーも、リネットも、セオドールも。

「テンコ！　おい、どこだ⁉」

「い、いたら返事をしてください～ッ！」

このブリーツェ学級寮塔内をひっきりなしに駆け回っている。

まるで、塔をひっくり返したような大騒ぎであった。

「くっ……どうしてこんなことに……ッ!?」

全身を焦がす焦燥に衝き動かされるまま、駆け回りながら、アルヴィンが物思う――


本日も、いつものように早朝の教練が始まるはずだった。

生徒達は夜明けと共に身支度をし、いつもの教練場へと集まった。

だが、いつまで経っても、テンコの姿が教練場に現れない。

寝坊したのかな？　昨日の今日で疲れているのかな？

そう思って、テンコを皆で呼びに行けば。

テンコの部屋に、テンコの姿はない。もぬけの殻だ。

しかも、その部屋の床に残された大量の血痕――その場に残された彼女の妖精剣。

一体、昨晩、何があったのかはわからない。

だが、テンコの身に何かが起きたのは最早、疑いようがなかった――


「テンコ！」

アルヴィンは今にも泣き叫びたくなる衝動を必死に堪えながら、テンコの姿を求めて、キャルバニア城内をがむしゃらに駆け回る。

他学級の生徒達が何事かと好奇の目を向けるが、気にしている場合じゃない。

部屋に残された、あの大量の血痕。

あれが、テンコのものだとしたら……？

どうしても振り払えない最悪の事態のイメージを、追い払うように頭を振る。

（テンコ――ッ⁉）

アルヴィンは昨晩のことを思う。

久しぶりの一緒の入浴。アルヴィンではなく、アルマとして、テンコと過ごした時間。

その時のテンコは笑顔だった。迷いを吹っ切ったかのように晴れ晴れとした表情であった。テンコの飛躍はこれから始まるのだ……そんな予感を覚えた一時だった。

（なのに……なのに……ッ⁉　一体、どうしてこんなことに……ッ⁉）

さらに駆け回ろうと足に力を込めた……その時だった。

「落ち着けよ、アルヴィン」

ぱしっ！　そんなアルヴィンの二の腕を摑んで引き留める者がいた。

シドである。

「イザベラも魔法の眼を使ってくれている。もし、俺達の目の届く範囲内にテンコがいるなら、もうとっくに見つかっている。焦っても事態は何も解決しないぞ」

「シド卿⁉　で、でも、テンコが……ッ⁉　あんなに部屋が血塗れで……ッ！」

「…………」

「きっと何かに巻き込まれたんだ！　ひょっとしたら、テンコはもう……ッ！　ああ、どうしよう！　もし、テンコが死んじゃっていたら……ぼ、僕はぁ……ッ⁉」

それでもシドの言うことを聞かず、アルヴィンが目尻に涙を浮かべながら、じたばたと暴れていると。

「許されよ、我が主君」

ぱんっ！　シドの平手が、アルヴィンの頬を張っていた。

そういう技なのか、衝撃こそあれど痛みはあまりない。

「……ッ⁉」

だが、その衝撃で、アルヴィンを支配していた狂騒と混乱の潮が引いていく。

「落ち着け。上に立つ者が、その程度で、みっともなく狼狽えるな」

「……し、シド……卿……？」

アルヴィンが微かに熱持った頬を押さえて、呆けたようにシドを見上げれば。

シドは、そんなアルヴィンを真っ直ぐ見下ろしながら言った。

「もし、テンコが死んでいたらと言ったな？　よく聞け、アルヴィン。もし、本当にそうだとしたら……お前の臣下の最初の犠牲者というだけだ」

「～～～ッ!?」

　途端、アルヴィンの目が衝撃に見開かれる。

「これから先、お前が王として臣下を率いて歩み、民のために戦い続ける限り、臣下の犠牲者はもっと出るぞ。悲しむなとは言わない。ただ、覚悟は決めろ」

「………………」

　アルヴィンはしばらくの間、固く目を閉じて俯きながら押し黙って。

「……す、すみません……取り乱しました。忠言、感謝致します」

　何かを堪えるように、絞り出すようにそう言うのであった。

　その手は固く握りしめられ……カタカタ震えていた。

「……良い子だ」

　シドはそんなアルヴィンにふっと微笑み、アルヴィンの頭を撫でる。

「だがまぁ、そうは言ったが、俺は、テンコはまだ死んでないと思っている」

「……え？」

「あの部屋には、テンコの妖精剣が残されていた。妖精剣は使い手が死ねば、《剣の泉》へと帰還する。それが残されている以上……まだテンコは生きているはずだ」

「……あ……」

「もっとも、楽観できる状況でないことに変わりはない。それに……」

ふと、シドの表情が珍しく難しいものになる。

「それに……なんでしょうか？」

アルヴィンがシドの言葉の続きを促そうとすると。

「シド卿。アルヴィン王子」

不意に、女の声が二人の頭上に降って来ていた。

それは、何かの転移魔法なのだろう。虚空（こくう）に三角（トーラ）の魔法陣が不意に浮かび、光の粒子が踊るように集まって、二人の目の前で一人の女の姿を結像する。

現れたのは——《湖畔の乙女》の巫女（みこ）長イザベラであった。

「イザベラ!?」

「テンコの行方について、何かわかったか？」

シドの問いに、イザベラが重々しく頷（うなず）いた。

「はい。そして、昨晩、あの部屋で何があったのかも……」

「本当!? 一体、何があったの!? テンコは一体、どこへ!? 無事なの!?」

アルヴィンが、慌てたように聞くと。

イザベラは淡々と説明を始めた。

「今朝から、我々が、ブリーツェ学級寮塔内を隅々まで魔法調査した結果……とある部屋から、微かな闇のマナ残滓が検出されました。元・フローラの部屋です」

「……ッ⁉」

フローラ。それは、以前、王都と《妖精界》の深層域とを結びつけて、竜を召喚してみせるという規格外の大魔法を行使した女の名だ。

現・オープス暗黒教団の最高指導者でありながら、ブリーツェ学級の一年従騎士という皮を被って周囲を欺き、それだけのことをやってのけた正真正銘の魔女であった。

「間違いありません。フローラの部屋は、【妖精の道】でいずこかと繋がっています」

「【妖精の道】⁉」

アルヴィンが、愕然と叫ぶ。

【妖精の道】とは、妖精界を利用した長距離移動魔法だ。現在地と目的地を異界の道で繋ぎ、通常の何倍も早く移動するのである。

「恐らく、フローラは在校時、こういう時に備え、あの部屋に【妖精の道】の裏口を構築していたのでしょう。

悪いことに、先の動乱で王都を守る光の妖精神の加護がかなり傷んでしまったため、箇単に【妖精の道(フェアリー・ロード)】を繋げられてしまったようです」

「つまり、今回のテンコの失踪は、オープス暗黒教団の仕業か。魔法で【妖精の道(フェアリー・ロード)】を繋げてこの城内に侵入し、テンコを連れ去った……それがことの顛末(てんまつ)のようだな」

「恐らくは。実際の実行犯が、フローラかどうかまでは不明ですが」

シドの推論に、イザベラが頷く。

「しかし、今まで巧妙に裏口(バックドア)の存在を隠していたにも拘(かか)わらず、今回はあからさまに痕跡が残されていたことが、少々気になりますが……」

「そんなことはどうでもいいよ！」

すると、アルヴィンが焦ったようにイザベラへ詰め寄る。

「それよりも、テンコを攫(さら)った連中の行く先はわかるかい⁉」

「探査魔法で簡単に追跡調査してみたところ……あの【妖精の道(フェアリー・ロード)】は、恐らくは北の旧魔国領へと繋がっているようです」

「一体、何のために⁉　なんで、僕の暗殺とかじゃなく、あえて一従騎士(スクワイア)に過ぎないテンコを、わざわざ攫っていったの⁉」

「そ、そこまでは、まだ、なんとも……」

アルヴィンの問いに、イザベラが言葉を濁し、がくりと頭(こうべ)を垂れた。

「すみません、王子……全て私の失態です。

基本的に、人は妖精剣や魔法の道具なしに魔法を使えません。生身で魔法を使える者は、シド卿という例外を除き、半人半妖精族だけです。

だからこそ、王家は我々《湖畔の乙女》と盟約を結び、協力を取り付けている……このような事態を防ぐために……」

「イザベラ……」

「なのに、先の王都動乱といい、今回の一件といい、この体たらく……本当になんと申し開きをしていいのやら……」

「ち、違うよ、イザベラは悪くない！」

憔悴しきったように目を伏せるイザベラに、アルヴィンは語気強く否定した。

有り体に言えば、イザベラは些事に構っていられないほど忙しいのだ。

常日頃、イザベラは未だ王位につけぬ、アルヴィンにかわり政務を代行している。

それだけでも相当な負担なのに、いずれこの国の支配権を簒奪しようと野心を燃やす三大公爵家への注意や牽制までしなくてはならない。

城の魔法的な守りに専念できず、警戒が甘くなってしまうのも仕方ない話だ。

（せめて、僕が王だったら……ッ！　イザベラは……ッ！）

アルヴィンがそう震えながら、己の無力さを嘆いていると。

「ふっ、そう悲観的になるな、二人とも」

突然、シドが本日の昼ご飯のメニューを提案するかのように言った。

「攫われたなら、連れ戻せばいい。そうだろ？」

「えっ……？　シド卿……？」

「なぁ、イザベラ。【妖精の道】は、この《物質界》の裏側に存在する《妖精界》を利用し、移動時間をカットする魔法だよな？」

「は、はい……」

「連中の行く先が、遥か北の旧魔国領だというなら、やはり、それなりに移動に時間がかかるはず。つまり、連中はまだ【妖精の道】内にいる。なら、話は早い」

シドが、立ち上がった。

「今から、俺達も【妖精の道】を使って追いかければいい。違うか？」

「そ、それは……ッ⁉」

「その、シド卿……今から追って、追いつけるものなんですか？」

「追いつけるはずだ」

アルヴィンの問いに、シドが自信に満ちた表情で言った。

「正規の儀式手順を踏まない裏口で【妖精の道】を繋げたということは、相当に遠回りなルートを取らざるを得なかったはず。とすれば、イザベラが正規の儀式手順で【妖精の道】を繋ぎ返せば、ショートカットで連中に先回りをすることが可能なはずだ。……だろ？」

「可能です……ですが……」

イザベラが苦い顔で重苦しく言った。

「《妖精界》にも光と闇の領域が存在し……テンコを攫った連中が使用したのは、間違いなく闇側の【妖精の道】……つまり、彼らの領域です」

「…………」

「わかりますか？　闇の領域内においては、闇の勢力の力は強まり、我々の妖精剣の力が弱まってしまう。ゆえに危険極まりありません」

「よ、妖精剣の……力が弱まるだって……？」

そんなイザベラの言葉に、アルヴィンが息を呑んだ。

騎士にとって、妖精剣の力は生命線だ。

それが弱まる戦場で戦わなければならない――それがどれほど絶望的なことか。

攫われたテンコを取り戻すために、妖精騎士団の精鋭で救出部隊を組んだとしても、一体、どれほどの犠牲者が出るか……

「そもそも、あの三大公爵達が、ブリーツェ学級(クラス)の一従騎士(スクワイア)を救出するために、自分達の大事な騎士を出してくれるはずもなく……」

「…………」

暗く沈んだイザベラの声に、アルヴィンも頭を抱えていると。

「連中に助力を乞う必要などない。俺が行く」

シドが堂々と言った。

「な――……ッ⁉」

絶句するアルヴィンとイザベラへ、シドが堂々と続ける。

「攫われたテンコは、俺が必ず連れ戻してくる。それでいいだろう？」

すると、イザベラが諫(いさ)めるように言った。

「シド卿……聞いていましたか？　追いかけたところで、テンコを攫った連中と交戦する場所は、闇側(ダークサイド)の【妖精の道(フェアリー・ロード)】内……彼らの領域なのですよ？」

「妖精剣の力が落ちることか？　問題ない。俺は妖精剣を持っていない」

「だとしても！　闇の領域内で、闇の勢力と戦うのは愚策も愚策です！　いくら伝説時代の騎士であるあなたと言っても……」

「愚策。ああ、確かにな」

シドがにやりと笑って言った。

「だが、たとえ愚策でも、命を燃やさねばならない時がある……それが騎士だ」

「──ッ⁉」

「俺は、テンコの師匠だ。ならば、弟子であるテンコを見捨てる選択はない。止めるならば、騎士の誇りにかけて押し通る」

シドのそんな言葉に、イザベラは押し黙るしかない。

「とはいえ……俺は、主君たるアルヴィン王子に己が剣と魂を捧げる騎士。独断で勝手に動くわけにはいかない。俺が動くには王命が必要なわけだが？」

するとシドはアルヴィンへ試すように笑みを向けた。

「ふっ……どうする？　アルヴィン。お前はただ、心のままに命ずるだけでいい」

「……し、シド卿」

アルヴィンがシドに問う。

「攫われたのはテンコ一人です。彼女を救えと命じるのは……完全に僕のわがままです。それでも、あなたはいいんですか？」

「ふっ、今さらおかしなことを言う。俺はお前の騎士だぞ？　窮地に陥る友一人救えと命じるのと、無数の民を守れと命じること……一体、そこに何の違いがある？」

「……ッ⁉」

「なるほど、王として取捨選択をせねばならない時は確かにある。だが、それは今じゃない。さぁ、命じろ。いかなる下命であろうが、俺は騎士の誓いを全うしよう」

己が臣下の騎士にそこまで言われてしまっては。

そこまで剣を捧げてくれるのであれば。

「……わかった。余は果報者だ。卿の忠誠に無限の感謝を」

最早、応えねば、王ではない。

アルヴィンは決意を固め、深く深呼吸して宣言した。

「攫われた従騎士テンコは、余のかけがえのない友であり臣下。将来、必ずやこの国を支える騎士となる者！　彼女を失うのはこの国の損失！　ゆえに王命を下す！　我が忠実なる騎士、シド卿！　余の友を救ってみせよ！」

そんなアルヴィンの下命に。

「ふっ……仰せのままに、我が主君」

シドは胸に手を当て、略式の臣下の礼を取る。

だが、そんなシドの胸ぐらを摑むように、アルヴィンが取り縋る。

「お？　どうした？　アルヴィン」

「……命令は下した。だが、余を見くびらないで欲しい。余は己が臣下のみを危険な矢面に立たせて、安全な後方で安穏とふんぞり返る王ではない！」

凛と涼やかな瞳に真っ直ぐな意志を燃やして、アルヴィンがシドへ叫ぶ。

「僕も行きます！」

そんなアルヴィンの宣言に、目を剝いたのはイザベラだ。

「あ、アルヴィン王子⁉　一体、何を言って⁉」

「そもそもテンコは僕の親友だ！　僕が行かないと話にならない！　そうでしょう⁉　確かにシド卿の力は借りるけど……これは僕の戦いなんだ！」

「そ、そんな……王子の身に万が一のことがあったら、どうするのですか⁉」

「わかってる……わかってるけど……ッ！　今、ここで何もしなかったら、きっと、僕はこの先、民のために戦うことなんてできやしない！」

イザベラの叱責にアルヴィンは一歩も退かず反論する。

「もっとも親しい友人のためにすら動けない僕が、どうして民のために戦えるの⁉」

「屁理屈を仰るのはおやめください！　し、シド卿も何か言ってあげて……」

イザベラが縋るようにシドへ目を向けると。

「──ふ」

シドは……

「あははっ！　あっはははははははっ！」

なぜか、アルヴィンの頭をガシガシ撫でながら、大笑いを始めるのであった。

「し、シド卿……ッ⁉」

「いやぁ、似てる！　アルヴィン、やっぱお前、本当にアルスルのやつに似てるよ！　アルスルも、よくそんなことを言って、俺を困らせるやつだった！」

「わ、笑っている場合ではございませんでしょう⁉」

イザベラが慌てて声を張り上げる。

「王子、わかっているのですか⁉　危険です！　これから私達が挑むのは、妖精剣の力が弱まる闇の領域！　生きて返って来られる保証はありません！」

「で、でも、イザベラ！　僕は──」

「アルヴィン、あなたがテンコを思う気持ちは痛いほどわかります！　しかし、わきまえるべきです！　あなたは王子であり、やがて王になる者なのですから！」

「う……」

「ここは大人しく、私とシド卿に任せ、この城で大人しく待機なさい！　少し力と自信をつけたようですが、あなたが闇の軍勢に挑むのは、まだ早い！」

イザベラの容赦ない言葉に、アルヴィンが悔しげにほぞをかむ。

「くっくっく……やれやれ、まったくだな」

すると、シドもイザベラに同意したように頷いた。

「騎士は〝その心に勇気を灯す〟──確かに、俺はそう教えた。だが、それは勇気と蛮勇をはき違えろという意味ではないぞ？　己の器量と状況を冷静に見極め、退くべき時には退く──それもまた勇気だ」

「……そ、それは……」

まるで叱られた子供のようにしょげるアルヴィン。

だがシドは、穏やかに微笑み、そして、言った。

「だがな、そういうお前だからこそ、俺はお前を今世の主君と認めたわけだしな。いいだろう、アルヴィン、俺について来い」

「し、シド卿⁉」

アルヴィンがはっと顔を上げ、イザベラがぎょっとしたように、シドを見る。

「正気ですか⁉　繰り返しますが、闇の領域では、光の妖精神の眷属妖精剣はその力を著しく低下させます！　アルヴィンを連れて行っても足手纏いです！」

イザベラがぐっと拳を胸元で握り締める。

「救出の戦力が欲しいのでしたら……私が今から、三大公爵達に頭を下げてきます。たとえ、私の何を犠牲にしようとも、必ず協力を取り付けてきますから……」

「それは駄目だ」

シドがかぶりを振る。

「むしろ、この状況において、この城に駐在する妖精騎士達の中で、まともな戦力になるのは、俺が知る限りアルヴィンだけだ」

「え⁉」

シドの言葉に、イザベラが目を見開いて、アルヴィンを見る。

「アルヴィンは、まだまだ未熟とはいえ、ウィルを使える。妖精剣の力の低下はあまり問題にならない。むしろ、妖精剣の力が著しく低下する闇の領域下での戦闘ならば、アルヴィンはすでに並の妖精騎士の戦力を上回っている」

「あ……」

そう。ウィルは妖精剣の力を引き出すのではなく、むしろ与える技術なのだ。

それに、ウィルを使えば、捻出した自前のマナで自身の身体能力強化が出来る。

妖精剣から受け取るマナで身体能力強化を行う普通の妖精騎士達と比較すれば、妖精剣の力の低下はさほど影響がない。

「それに、だ」

シドはどこか難しそうに言った。

「今回の一件、俺の予想が正しくば……テンコを本当の意味で連れ戻すには、アルヴィンが鍵になるだろうしな」

「……そ、それは一体……？」

ふ、と笑うシドに、イザベラは首を傾げるしかない。

「まぁ、というわけでだ。アルヴィン……本気で来るんだな？」

シドがアルヴィンへ向き直った。

「は、はいっ！」

「本当にいいのか？　何度も言うが、死ぬかもしれんぜ？」

「それでも、今、何もせずにいたら、僕はきっと何者にもなれない。もし、ここで終わるなら、僕はその程度の器の王だったってことです」

アルヴィンがシドを真っ直ぐ見つめてくる。

「僕は死なないし、テンコも救う。それが僕の王道です」

「よくぞ言った。ならばもう何も言うまい、我が主君」

そんな強い決意を秘めたアルヴィンを前に、イザベラは呆れ半分にため息を吐いた。

「自身の王道と、それを歩む強い意志……はぁ……ついこないだまで、子供だと思っていたのに……少し見ないうちに、すっかり逞しくなられたようですね」

「イザベラ……」

「いいでしょう、それが王子の意志ならば、もう止めません。私は古き盟約に従い、この国の未来を担う若き王の卵を、この命にかえてお守りいたしますわ」

そう言って、イザベラはにっこりと笑うのであった。


──────。


「……ここ？」

アルヴィン達は、かつてフローラが一年従騎士として住んでいた空き部屋にいた。

「はい。この衣装箪笥……普通に使えば、普通の箪笥ですが……」

がちゃり。イザベラが両開きの衣装箪笥を開き、空っぽの中身を見せて閉じる。

「ある一定の魔法的な手順を踏んで、開けば……」

イザベラが古妖精語で何事かを小さく呟き、衣装箪笥の扉に三角の印を指で描く。

そうして、開くと――

衣装箪笥の中に、深い霧が漂うダンジョンの入り口が出現していた。

苔生(こけむ)した古い石で壁や床が舗装されたそのダンジョンは、巨人族(ティターン)の地下迷宮坑道を思わせる。奥は深淵(しんえん)の闇に満たされ、一体、どこまで続いているのかわからない。

不気味にしんと冷え込む空気が、ここに足を踏み入れることに、根源的な恐怖と忌避を喚起させる……そんな道だ。

「なるほど。これが連中の、闇側(ダークサイド)の【妖精の道(フェアリー・ロード)】。いかにもって感じだな」

シドが感心したように言った。

「はい」

イザベラが衣装箪笥を閉じる。

そして、懐(ふところ)から水晶玉を取り出し、古妖精語(エスピリッシュ)で何事かを唱える。

すると、その水晶玉の中に地図のようなものが映し出された。

「この【妖精の道(フェアリー・ロード)】内のマッピングは、すでに魔法によって終えています」

「なるほど、こりゃ複雑だ」

「この地図によると……ここですね。ここから先はもう北の旧魔国領まで一直線です。つまり、ここに到達されてしまったら、もう追跡不可能でしょう」

「……テンコを攫った連中の現在地は？」

「ここです」

イザベラが指を差す。

そこには、光点が、追跡可能限界ポイントを目指してゆっくりと移動していた。

「ふむ。まだ余裕はありそうだが……」

「ええ。でも、のんびりもしていられません。急いで追いかけなければ」

「ショートカットできるか？」

「【妖精の道】は、世界の裏に存在する妖精界を利用し、異界の道を構築する魔法。どこもかしこも自由に繋げられるというわけではないので、連中にベタ付けはできませんが……先回りできる場所には、道を繋げることができましょう」

「上等だ。では、早速、頼む」

シドに応じて頷くと、イザベラは衣装簞笥に手を当て、古妖精語で呪文を唱え始めた。

しばらくして、衣装簞笥を開く。

すると――

カッ！　そこには、先ほどとは異なり、光り輝く通路が出現していた。

「私が接続した、光側の【妖精の道】です。敵に先回りするように繋げました。急ぎましょう、いずれにせよ、あまり猶予はありませんから」

「そうだな。よし、早速、行こうか」

シドがアルヴィンやイザベラを促し、【妖精の道】内へ足を踏み入れようとすると。

「……と、その前に。何か用か？　お前達」

不意に足を止め、シドはそう背後に問いかける。

すると。

「…………」

どこから嗅ぎ付けたのか、室内にクリストファーやエレインら、ブリーツェ学級の生徒達がぞろぞろと入ってくる。皆、何かを訴えかけるような眼であった。

「教官……俺達は……駄目なのかよ……？」

「わたくし達に何も言わず行くってことは……そういうことなのですか？」

「……そうだな」

シドが、かぶりを振った。

「俺の見立てによれば、アルヴィンのウィルの深度ならともかく……お前達のウィルはまだ浅い。闇の領域内の戦闘には耐えられない」

「仲間が窮地に陥っているのに、俺達は待っているしかねえってことかよ……」

「……そっ、そんなの……あんまりですッ！」

そんな風に、悔しげに俯(うつむ)く生徒達へ。

「今はその悔しさを忘れないことだ」

シドは穏やかに言った。

「騎士の……〝その剣は弱きを護(まも)り〟、〝その力は善を支える〟。弱いということは、何もできないと言うことだ。己の正しさを貫くこともできないということだ」

「……ッ！」

「正義なき力はただの暴力だが、力なき正義は無力。よく心に刻んでおくといい」

「教官……」

「とはいえ、お前達はまだまだこれからだ。今回はまだ早かった……それだけの話。今回は先達に任せておけばいい。何、ロートルはそのために存在するもんさ」

すると。

全員、なんとか納得したように歯噛(はが)みして。

「どうか……わたくし達の友人のテンコのことを、よろしくお願いしますわ……」

「ああ。騎士の名にかけて誓おう」

シドは、無念そうな生徒達へ向かって、力強く頷き返すのであった。

第六章　テンコの異変

そこは、深い闇で満たされた、入り組んだ迷宮のような場所であった。

広大な空間と、冷たく重たい空気が共鳴反響し、重低音が地の底から響き渡る。

天井は高く、延々と延びる通路は、まるで地底の底まで続いているかのよう。

ここは物質界の裏側――闇側(ダークサイド)の【妖精の道(フェアリー・ロード)】内。

そんな場所を、険しい表情のエンデアが歩いていた。

「……ッ！」

その細い肩が苛立(いらだ)っている。彼女の不機嫌さを示すがごとく、その踏みしめる歩幅は大きく、地面に八つ当たりするかのように足音は大きい。

「あらあら、随分とご機嫌斜めのようですね、私の可愛(かわい)い主様(あるじ)……」

その傍(かたわ)らを寄り添い歩くフローラが、悠然と微笑(ほほえ)みながら言った。

「せっかく、首尾良くいきましたのに」

「……そう見える⁉」

エンデアが、きっと背後を流し目で睨む。

そこには——テンコの姿があった。テンコが無言で付き従っている。

「…………」

だが、今のテンコは明らかに様子がおかしい。その表情は虚ろで生気がなく、無言。身に纏う従騎士の正装はなぜか、真っ黒に染まっている。

まるで意志を失った人形。今、この瞬間にも、この闇の中にその存在が解け消えていってしまいそうな……そんな雰囲気であった。

「まぁ……主様の思惑通り、彼女が自ら闇を受け入れなかったのは残念でしたね」

つんとそっぽを向くエンデアを、フローラは苦笑いで宥める。

「でも、主様の真の目的は、アルヴィン王子に一泡吹かせること……それならば、最高の結果ではないでしょうか？」

「……そ、そうよね⁉ 別に、私がこんなことで、いちいち不機嫌になる必要なんかないもんねっ！ あはっ！ あはははははっ！」

エンデアが我が意を得たりと笑い出す。

「ざまあみろだわ、アルヴィンッ！ テンコを奪われたあいつがどんな顔になるか、見物も見物よねぇ⁉ ふふふふふっ！ ああ、愉快、愉快！」

しかし、その笑いは心底愉快だというより、どこか強がりじみたものであった。

「…………」

フローラは、そんなエンデアの様子を流し目で観察して。

やがて、暗闇にすっと朱を引くように、唇を笑みの形に歪(ゆが)める。

「さぁ、フローラ、行きましょう！　北へ——私達の居城へ！」

「ええ、私の可愛い主様。参りましょうか」

フローラが、楽しげに先導するエンデアの後に続いた……その時だった。

「！」

フローラは、不意に足を止める。

無言で、高い天井を見上げ、何事かをぼそぼそと呟く。

「どうしたの？」

エンデアが振り返り、フローラへと問うと。

「……来ましたわ」

天井を見上げていたフローラが、ボソリと返す。

「来たって……何が？」

「シド卿(きょう)……そして、アルヴィン、イザベラ。なるほど……光側(ライトサイド)の【妖精の道(フェアリー・ロード)】を通って、私達の先回りする気なのでしょうね。恐らくは取り返しに来たのでしょう」

フローラはちらりと、エンデアの背後に、人形のように付き従うテンコを一瞥した。

「はぁ⁉」

そんなフローラへ、エンデアが信じられないとばかりに喰ってかかった。

「追ってきた⁉　一体、なぜ⁉　あなた言ったじゃない⁉　私達が侵入した痕跡は完全に、消していたって！」

「はい、その通りですわ」

エンデアの叱責に、フローラが艶然と嗤った。

「本当にどういうことなのでしょう？　おかしいですわね。私は確かに、私達が侵入した全ての痕跡を消してきたはずなのですが。

どうやら《湖畔の乙女》の長、イザベラ……なかなか目敏い御方なのでしょう。場に残された微かに消しきれなかった痕跡から、私達の侵入を看破したのやも」

「くっ……ッ！」

すると、エンデアは、自分に無言で付き従うテンコへと抱きつく。

「嫌よ！　嫌！　これはもう私のものよ！　絶対にアルヴィンに返してやるもんか！」

「ふふ、そうご心配なさらないでください。私の可愛い主様……」

フローラがそんなエンデアを宥めるように言った。

「取り返しに来るというならば、迎え撃つまででございますわ」

「フローラ……ッ！」

「それに……裏を返せば、これは早速、好機到来ではございませんか？」

妖しげに笑うフローラに、エンデアがコクコクと頷く。

「そ、そうね……ッ！　本当はもっと引っ張りたかったけど……あのアルヴィンの吠え面を拝む絶好の機会よねっ⁉　うんっ！」

エンデアはテンコを放し、胸を張って堂々と宣言する。

「というわけで、お膳立て頼むわ、フローラ！　最高に愉快で痛快な喜劇を、私、期待しているからっ！」

「ええ、お任せあれ、私の可愛い主様……」

そっと慇懃に一礼して。

されど、やはりフローラは妖しい笑みを口元に浮かべているのであった——

——。

「ギシャアアアアアア——ッ！」

坑道内に、世にも悍(おぞ)ましき咆哮(ほうこう)が無数に響き渡り、闇の中を延々と反響する。

闇側(ダークサイド)の【妖精の道(フェアリー・ロード)】へと突入したアルヴィン達を待ち受けていたのは、悍ましき妖魔達であった。

毛むくじゃらの球体形に大きな一つ目と大きな口、枯れ木のような手足、クマのような爪を持つ妖魔——バグベア。

全身筋骨隆々にて醜き人型の妖魔——鬼人(オーガ)。

人の子のような矮躯(わいく)ながら、醜悪極まりない容姿を持つ妖魔——小鬼妖精(ゴブリン)。

様々な妖魔達が、自分達の領域に足を踏み入れた愚かな者達を狩ろうと、大挙して押しかけてくる。

だが——アルヴィンは、そんな妖魔達にまったく怯(ひる)まず応戦していた。

「追い風立たせよ(ティウィード)！　はぁ——ッ！」

アルヴィンが裂帛(れっぱく)の気迫と共に踏み込み、風と共に鋭く突きを繰り出す。

「ゲッ!?」

正面から棍棒(こんぼう)を振り上げて飛びかかってきた小鬼妖精(ゴブリン)の喉を正確に貫き、素早く蹴りを入れて細剣(レイピア)を引き抜き——

「──せぇ！」

横合いからのバグベアの突進を、身を捌いてかわし、すれ違い様に斬撃を入れる。

刹那、背後から横薙ぎに振るわれる鬼人の大斧。それを跳躍してかわし──気合い一閃。

全身の発条で振り下ろした細剣が、鬼人の頭を割る。

「やぁあああぁ──ッ！」

さらに、空中で優雅に身を捻り、細剣を横一閃。

数匹の小鬼妖精をまとめて斬り裂き、吹き飛ばす──

「す、凄い……」

そんなアルヴィンの獅子奮迅の活躍をイザベラは、半ば唖然と見ていた。

「あの子が闇の領域内でここまで動けるなんて……これが、ウィルの力ですか？」

「ああ、そうだ」

イザベラの背後のシドが、悠然と言った。

「だが、まだヒヨコだ。ようやく俺達の時代でいう従士になれるかってとこだ」

「……これで、まだ従騎士ですらないんですね……」

従士とは、今は廃止された古い時代の騎士階級の一つで、従騎士の世話役をさす。

要は、見習い見習い騎士である。

「まぁ、ブリーツェ学級の連中はどいつも筋がいい。弱体化してる今の俺くらいまでは、余裕で倒せる高みには立ってもらわないとな」

「そ、それはまた……随分と……」

「いや。むしろ、北の魔国といずれ戦うつもりならば、そのくらいは必要だ。違うか？」

「……そうですね、仰る通りです」

シドの言葉に、イザベラがため息を吐いた。

「王国の上層部は、いまいち危機感が足りませんが……」

「闇の軍勢の本当の怖さを知らんだろうからな。この時代じゃ、精々が低級な幽騎士や、三下の暗黒騎士とたまに小競り合う程度だろう？」

「はい。派閥争いなどという愚を犯すのも、その危機感のなさが原因かと」

苦々しく頷くイザベラに、シドは続ける。

「だから、俺はアルヴィン達を徹底的に鍛えるつもりだ。最弱を冠されたアルヴィン達が強くなれば、今の弱体化した騎士団の意識も変わる」

「シド卿……」

「俺のような旧時代の化石がいなくても大丈夫なくらい、この時代の騎士達が強くなった時……それが俺の役目の終わる時だ。アルスルのやつも許してくれるだろうよ」

そんなシドの言葉に、イザベラは悟る。

やはり、このシドという騎士は、小賢しい派閥争いなどまったく眼中にない。

むしろ、自分達を冷遇する三大公爵達すら、同じ国を守る同志だとすら思っている。

その根底にあるのは、ただ、己にとって大切なもの、守るべきものを守るという尊い意志のみ。その意志のままに戦う……それがシドという騎士なのだ。

（本当に……なぜ、このような英傑が《野蛮人》などと不名誉な二つ名で語り継がれているのでしょう？　少し調べてみるべきでしょうか……？）

イザベラがそんなことを思っていると。

「とはいえ、今は呑気に、アルヴィンの成長を眺めている時間もない。ここは一つ、当代の《湖畔の乙女》の長、イザベラ殿の神通力の威を拝借願いたいな？」

ニヤリと、シドがイザベラへと笑いかけた。

「わかりました。伝説時代の騎士様のお眼鏡に適うかどうかはわかりませんが……」

イザベラが、そう悪戯っぽく笑って腰から三十センツほどの杖を抜いて掲げ、古妖精語の呪文を呟き始めた。

「母なる水よ・舞いて彼の者達を・優しく抱くべし・……」

半人半妖精族の特性――その身に眠る強大なマナと妖精としての力。

妖精剣に『祈祷』を捧げて妖精魔法を行使する騎士達とは異なり、半人半妖精族達は自ら『呪文』を唱えることで、この世界の理を操る力を持っている。

ゆえに、闇の領域内においても強力な魔法が使用可能だ。

「――いざ！」

やがて、イザベラの呪文が終わると。

イザベラの周囲に、無数のスイカ大の水の玉が発生する。

そして、イザベラが杖を振ると共に、それらは周囲へ向かって一斉に拡散した。

「――ッ!?」

ばしゃばしゃばしゃっ！　イザベラが放った無数の水玉は、その全てが狙い澄ましたかのように盛大な水音を立てて、妖魔の顔へとブチ上がる。

だが――その水は四散しない。流れ落ちない。

妖魔達の口内、喉奥、肺へと流れ込み、まるで粘土のように絡みついて離れない。

妖魔達は慌てて、その水を振りほどこうとするも、しょせん水。摑むことなどできるはずもなく、虚しく水をかくだけで……

しばらくの間、妖魔達は地を転げ回ってジタバタと激しく暴れ回り……やがて、痙攣しながら動かなくなる。……皆、溺れ死んだのだ。

「う、うわぁ……」

アルヴィンは、そんな妖魔達の様子をドン引きで眺めていて……

「……とまぁ、このような感じはいかがでしょう？　シド卿」

「見事だ。俺達の時代の半人半妖精族達にも勝るとも劣らない、魔法の腕前だ」

「まぁ、お上手ですね。私など、始祖様達の足下にも及びませんわ」

シドとイザベラは、にこやかに談笑などしていたのであった。

「あんな穏やかな笑顔で、なんてエグい攻撃を……あんまり怒らせないようにしよう」

戦々恐々とするしかないアルヴィンであった。

そして、そんなアルヴィンの心境など露知らず、シドが言った。

「よし、アルヴィン。先に進むぞ。時間もさほど余裕はないしな」

「は、はいっ！」

こうして。

イザベラの導きに従い、一同は先に進むのであった――

――。

かつん、かつん、かつん……坑道内にアルヴィン達の足音が響き渡る。

イザベラが魔法で召喚した鬼火妖精（ウィル・オ・ウィスプ）が、ふよふよと一同の周囲を漂い、地の底まで続きそうな坑道内を淡く照らしていく。

非常に複雑に入り組んだダンジョンだ。イザベラが事前取得した地図がなければ、永遠に彷徨（さまよ）い続けることになるだろう。

万が一はぐれれば、死――アルヴィンは、そんな緊張感を堪（こら）えながら進んでいく。

三叉路（さんさろ）を右に進み……現れた階段を降り……横穴を抜け……散発的に襲いかかってくる妖魔達を退けて……どれくらい歩いた頃だろうか。

ふと、前方で通路が尽き、開けた空間へ続いているのが見えた。

「……この先に、何者かがいます」

水晶玉を見つめながら先頭を歩むイザベラの警告。

それを聞いたアルヴィンの表情が引き締まる。

「安心しろ。俺がついている」

不意討ちに備えて殿（しんがり）を務めるシドが、後ろから力強く言って。

アルヴィン達は、開けた空間へと足を踏み入れるのであった。

「こ、ここは……？」

縦穴、とも呼べる場所であった。

まるで何かの儀式場のような、広々とした空間である。

辺りには無数の巨大な柱が立っており、それに支えられているであろう天井は、完全なる闇に呑み込まれて見えない。

あちこちに設置された篝火が、微かに辺りの闇を祓い、辛うじて視界を通している。

「一体、なんなんでしょう、ここ……」

「巨人族の祭儀場に似てるな。妖精界は物質界と表裏一体。ゆえに、しばしば物質界のイメージを取り込んで具現化する……」

アルヴィンの問いに応じながら、シドが辺りを見回すと。

空間の中央に、何者かが、こちらに背を向けて佇んでいるのが見えた。

その背格好は──

「テンコ⁉」

アルヴィンが思わず叫ぶ。

すると、その何者か──テンコが今気付いたとばかりに、かくんと振り返る。

確かに、テンコであった。

なぜか真っ黒に染まった従騎士装束をまとっているが、特に負傷している気配はない。

そんな無事なテンコの姿を見て、アルヴィンは思わず声を上げて駆け出した。

「テンコ！　無事だったんだね！　良かった！」

「…………」

「助けに来たよ！　さぁ、一緒に帰ろ——」

だが——

「……シド卿？」

いつの間にか前に出ていたシドが、そんなアルヴィンを腕で制する。

「近付くな」

「……近付くなって……なんで……？」

思わずシドとテンコを見比べるアルヴィン。

その時、アルヴィンはふと気付いた。

「……テンコ？」

いつの間にか、テンコが半身の姿勢となり、自身の刀の柄に手をかけている。

そして、感情の読めない目で、駆け寄ろうとしていたアルヴィンを見据えているのだ。

その体勢は、まるで——

（まるで、僕に斬りかかろうとしているみたいな……？）

そんなことを、アルヴィンがちらりと思った、その時だった。

「さて。そこで、こそこそ高みの見物している趣味の悪い奴は誰だ？　出てこい」

シドが頭上へ向かって、鋭く言い放つ。

すると。

「あらぁ？　やっぱりわかるの？　さすがは伝説時代の騎士様」

頭上から、どこか人を食ったような声が反響した。

見上げれば、周囲に立ち並ぶ無数の石柱の一本——真ん中から折れたその柱の天辺に、誰かがいる。

真っ白な銀髪、王冠、目元だけを隠す仮面、ゴシックドレスをまとった少女が、悠然と足を交差させて、柱のへりに腰かけ、こちらを見下ろしている。

「せっかく、面白い余興が見られると思ったのに……本当に、遊というものを理解できない無粋な《野蛮人》ねぇ？　シド卿……」

「だ、誰だ、君は⁉」

現れた謎の少女の姿に、アルヴィンが鋭く言い放つ。

すると、少女はアルヴィンをちらりと一瞥し、特上の氷の笑みを浮かべ、返した。

「……エンデア。私のことはエンデアとでも呼べばいいわ、アルヴィン」

「な……ッ⁉　君は僕のことを知っているのか⁉」

「ええ、もちろんよ……私はあなたのことを、ようく知っているわ……」

すると。それまで、人を嘲るような余裕に満ちていた少女——エンデアの目が、途端、ドス黒い感情に燃え上がる。

「ええ、私はあなたを知っている……ずっと……ずっと……ッ！」

エンデアからアルヴィンに向けられる感情は——紛れもない憎悪、憤怒。

一体、何をすれば、これほどまでの負の感情を向けられるのだろうか。

「……ッ⁉」

まったく身に覚えのないアルヴィンは思わず気圧され、一歩後ずさるしかない。

と、その時。

「エンデア……と言ったな？　お前は何者だ？」

シドがアルヴィンに代わり、肩を竦めながら話を続ける。

「さぁ？　あなたは何者だと思う？」

「すんなり答えるわけもないか。まぁ、今はどうでもいいな」

シドがやや鋭い表情で、エンデアを睨み付ける。

「お前が何者だろうが関係ない。テンコは返してもらうぞ？」

「うふっ、いやよ、そんなの。だって、その子はもう私の物だもの」

するとと、エンデアは頭上で、からからと笑った。

「ふざけないでくれっ！」

アルヴィンが言葉を荒らげて叫ぶ。

「テンコはテンコだ！　誰の物でもない！　これ以上、勝手なことを言うなら……力尽くで連れ戻させてもらうからね⁉」

アルヴィンが剣を抜き、構える。

それを皮切りに、イザベラも杖を抜いて構え、魔法の詠唱態勢に入る。

すると、そんなアルヴィン達にエンデアは退屈そうに一瞥をくれて言った。

「やれやれ、滑稽ね」

「何がおかしいんだい？」

「だって、あなた、今、自分で言ったじゃない？　テンコはテンコだって。だったら……本人の意思が重要なんじゃなくって？」

「……？」

訝しむような表情になるアルヴィンを尻目に。

「あなたもそう思うわよね？　テンコ。アルヴィンなんかより、私のほうが、ずっとずっと良いわよね？　私と一緒に居たいわよねぇ？」

エンデアが余裕の顔で、テンコへと声をかける。

すると。

「……ええ」

今まで人形のようだったテンコが、まるで奈落の底のような目で、笑みすら浮かべてはっきりと言った。

「私はエンデアの騎士になります。アルヴィン、あなたはもういいです」

「な——……？」

不意に後頭部を殴られたかのような衝撃を覚え、硬直するアルヴィン。

イザベラが目を見開いて言葉を失い、シドが目を細める。

そして、エンデアは狼狽えるアルヴィンの顔を見下ろして、愉悦の笑みを浮かべ、蔑むように言い捨てた。

「ほうらね？」

「なん……で……？」

アルヴィンが震えながら、テンコへと問いかける。

「う、嘘だよね、テンコ……そんなの……」

「嘘？　なんでこんな状況で嘘を吐かないといけないんですか？　自分にとって都合の悪い言葉は、全部、嘘にする気ですか？」

「違う……それは君の本心じゃない……君は、きっと魔法か何かで操られて……」

「あ、そういうことにしておけば満足ですか？　じゃ、今の私は魔法で操られてるってことでいいですから、少し話を聞いてくれませんか？」

「な、何を……」

狼狽えるアルヴィンを、テンコはまるで別人のような目で睨み付けて、言い捨てた。

「アルヴィン……私、やっぱり、あなたのことが子供の頃から、ずっと重荷でした。昨日は否定しましたが……実はアレ、嘘です」

「──ッ!?」

真っ青になって愕然とするアルヴィンへ、畳みかけるようにテンコは続ける。

「大体、なんで、私が、騎士にならなくちゃいけないんですか？　昔、私がどんな恐い目に遭ったか知らないんですか？

もう痛いのも、恐いのもうんざり！　でも、私はあなたの騎士になるしかなかった！

だって、私は独りぼっちの貴尾人！　あなたの庇護がないと生きられなかった！」

「な……？」

「それでも……あなたがただの無能なら良かった！　三大公爵達に良いように操られる人形のお世話くらいだったら、別にやっても良かった！

でも、あなたは違った！　皆のために背負わなくても良い物を背負い込み、一人で茨の道を突き進む正真正銘のバカです！　おかげで、あなたのお守りを任された私も重荷を背負わされ、振り回され、人からバカにされる始末……

はー、もういい加減にしてくださいよ！　あなたが好き好んで突っ走るバカの道に、私を巻き込まないでくださいよっ！　大嫌いです、あなたなんかっ！」

「て、テンコ……嘘だよね……？」

「嘘じゃないですよ？　これが紛れもなく、私、テンコ＝アマツキの本音です。ま、操られて、無理矢理言わされていると思い込みたいなら、どうぞ、お勝手に？」

くすくすと、含むように笑うテンコ。

その闇の深い、壊れた笑顔は最早、別人のようであった。

「ち、違う……そんなの違うよ……だって、テンコと僕は、子供の頃から一緒で……ずっと一緒にいてくれるって……僕を守ってくれるって……」

「だから、さっきも言いましたよね？　全部嘘だって。ずっと媚びを売ってたんですよ。だって、私、あなたの庇護がないと生きていけないんですもの」

「……そんな」

「でもね、エンデアは違います。私が傍にいることを当たり前だと思って、何一つ顧みないアルヴィンとは違います」

テンコが、実に親しげな目をエンデアへちらりと向ける。

「エンデアは私に力をくれました。何者をもねじ伏せる、絶対的な力をくれました。おかげで、私はもう何も恐くありません。むしろ喜びさえ感じます。今の私は限りなく自由なんです。エンデアが私に自由をくれたんです。

ふふっ、どうですか？　エンデアとアルヴィン……私がどっちにつくかなんて、決まりきってますよね？　きっと、エンデアこそが、私の真の主君だったんですよ」

「〜〜〜ッ！」

アルヴィンが思わずよろめき、口をパクパクさせる。テンコとは長い付き合いの幼なじみであるがゆえに、悟ってしまったのだ。テンコの言葉が、決して魔法によって言わされているものではなく、紛れもない本心だということを。

だが、それでも。

「嘘だ……嘘だよ、そんなの……」

信じられず、アルヴィンは目尻に涙を浮かべながら、ふらふらとテンコへ歩み寄る。

一歩、また一歩と。

「だって……君は……お願いだ、嘘だと言ってよ……テンコ……」

そして、アルヴィンが縋(すが)るように言葉を絞り出した、その時。

「なるほど。じゃあ、これがその答えです」

テンコが――不意に動いた。

「死ね」

抜く手も霞(かす)む抜刀、霞み消えるような神速の踏み込み。

刹那に消し飛ぶ彼我の距離十数メトル。

半呼吸で、テンコがアルヴィンへと肉薄し――その刀の鯉口(こいぐち)を切る。

「――――ッ⁉」

神速の居合い抜き。

テンコの刀が空気を裂いて翻(ひるがえ)り、棒立ちするアルヴィンの首へと鋭く迫り――

ぱっ！　闇の中に上がる、盛大な赤。

「シド卿(きょう)⁉」

「……ちっ」

テンコの刃は、アルヴィンを咄嗟に庇ったシドの背中を深く斬り裂いていた。

その光景に、アルヴィンとイザベラが息を呑む。

「テンコ……今、本気で僕を……ッ⁉」

「それだけではありません！　あのシド卿に傷を負わせるなんて……ッ⁉」

明らかに異常事態だった。

シドはウィルの達人。ゆえにその肉体はまさに鋼。並大抵の攻撃は通らない。

実際、普段、生徒達が全力で斬り付けても、シドの肌には傷一つつかない。

だというのに、シドをあれほど深く傷つけるとは——

「……し、シド卿……ご、ごめんなさ……僕……ぼうっとしてて……」

「…………」

だが、シドはまったく動じず、アルヴィンを庇いながら、テンコを見据えている。

より正確には、テンコが手に持つ黒き刀を。

そして、そんなやり取りを頭上で見守っていたエンデアが、もう堪えきれないとばかりに腹を抱えて笑い始めた。

「あはっ！　あはははははははははっ！　見た⁉　どう⁉　アルヴィン！　テンコはも

うあなたは嫌ですって！　私の方がいいんですって⁉

ねぇ、どんな気分⁉　今まで親友だと思っていた子に、こうもこっぴどく裏切られて捨てられるのって、ねぇ、どんな気分⁉　あっはははははははっ！

惨めねぇ、アルヴィン！　でもね、あなたにはその惨めさこそが相応しいのよっ！　これで終わりだと思う⁉　こんなの序の口よっ！　私はあなたから、全てを奪ってやるつもりなんだからっ！　あはははははっ！　あっはははははははははははは——っ！」

「……え、エンデアァアアア——ッ⁉」

悔しさと怒りのあまり涙すら流して、アルヴィンが吠えた……その時だった。

「……黒の妖精剣か」

シドがボソリと呟いた。

途端、エンデアの高笑いがピタリと止まる。

「エンデアといったな？　お前、テンコに闇の妖精剣を取らせたな？」

すると。

「…………」

しばらくの間、エンデアが天井を仰いだまま、押し黙り……

「ええ、そうよ？　《野蛮人》。で？　それがどうしたの？」

親の仇でも見るような目で、シドを睨み付けるのであった。

「やはりな。アルヴィン、テンコの豹変の原因は、黒の妖精剣だ」

「黒の……妖精剣……？」

涙に濡れた瞳を瞬かせて、アルヴィンがシドを見上げる。

当のシドは、テンコがその手に提げる刀を睨み付けている。

そのテンコの刀は、真っ黒い刀身の禍々しい刀であった。

「お前達の光の妖精神の三色妖精剣と対をなす、闇の妖精神の妖精剣だ。

恐れ、怒り、憎悪、不安、破壊衝動に破滅願望……そういった負の感情を根源とし、恐るべき力を発揮する魔剣。

この黒の妖精剣に取り憑かれると、人は負の感情を増幅され、負の感情に支配される。

他者を踏みにじる殺戮に、何よりも至福と愉悦を感じるようになる。つまり、人でありながら人を外れた怪物――暗黒騎士の誕生だ」

「そ、そんな……じゃあ、テンコがああなったのは、黒の妖精剣のせい⁉」

アルヴィンが微かな希望を見たようにシドへ問いかける。

だが――

「いや。原因の一端ではあるが、全てではない」

シドは複雑そうな表情で頭を振った。

「黒の妖精剣は、心の闇を増幅し、支配する力を持っているが……元々、ないものを増幅することはできない」

「な……そ、それじゃ……？」

「そうだ。あのテンコは、ある意味、テンコの真の姿だ」

「——ッ!?」

テンコは魔法で操られているだけ……そんな微かな希望が打ち砕かれ、アルヴィンは、がくりと頭(こうべ)を垂れる。

だが、そんなアルヴィンの頭に、シドが励ますように手を乗せた。

「そう落ち込むな。心に闇を飼ってない人間などいない。それは、お前だってそうだし……俺だってそうだ。俺達の心は弱いから……だからこそ、騎士の掟(おきて)があるんだ」

「シド卿……？」

呆(ほう)けたようなアルヴィンを置いて、シドが前に出る。

そして、言った。

「エンデア。悪いが、テンコは返して貰(もら)う」

「嫌よ」

　エンデアが鼻を鳴らして、シドへと言い放つ。

「聞いたでしょう？　テンコはアルヴィンより私の方がいいって。そもそも、テンコは自分の意思で、黒の妖精剣を取ったのよ？　テンコの心は、もう私に傾いて――」

「嘘だな」

　不敵に断言するシドに、エンデアが押し黙る。

「あの部屋の血痕から察するに……恐らく、お前はテンコを誘惑したが、テンコは黒の妖精剣を拒絶した。だから、お前はテンコの魂に直接、黒の妖精剣を刺し、剣をテンコの魂と無理矢理、同化させた……そうだな？」

「……はぁ？　違うわよ。私はそんなことしてない。テンコは自ら――」

「嘘だな」

　揺るぎない確信と共に否定するシドを、エンデアが噛み付くように睨み付ける。

「何を見てきたようにッ！　変なカマをかけるのもいい加減にしてくれる!?」

「見てきたようにと言うが、似たような状況を見たことあるからな」

　シドが悠然と返す。

「はぁ？　一体、何を言ってるの？　《野蛮人》！」

「さて、となると疑問はエンデア、お前の目的だ」

エンデアの問いには応じず、シドが話を続ける。

「お前は、なぜテンコを攫った？　なぜ、テンコが自分の意思で、お前の下についたと、そんな意味のない嘘を吐いた？」

「……ッ⁉」

はっと絶句するエンデアへ、シドが淡々と問い詰める。

「確かに、テンコには暗黒騎士としての類い稀な素質があったようだ。お前が暗黒教団の手の者なら、戦力拡充のためにテンコを引き入れるのは理に敵っている。だが、それだけなら、そんな嘘は吐く必要がない」

「黙りなさい」

底冷えするような声色で、エンデアが言い放つ。それまで余裕だったエンデアの顔色が変わり、辺りの空気が一気に重くなる。

だが、それをまったく無視して、シドはナイフのような言葉でエンデアを抉った。

「そうだな……恐らく、お前は、アルヴィンにテンコのような気の置けない友人がいるのが、単に羨ましかった。……違うか？　だから、お前は──……」

「黙れぇぇえええええええええええ──ッ⁉」

突然、エンデアが目を剝いて豹変し、吠えた。

噴火のような激情。その情緒の急変に、アルヴィンは目を瞬(しばた)かせるしかない。

「はぁ⁉　誰が誰を羨んでいるですって⁉　バカじゃないの⁉　何をわけのわからないことを！　私はッ！　私はぁあああああ――ッ！

もういいわっ！　今回はテンコを奪うだけで、見逃してやろうと思ったけど！　あなた達は皆、ここで死ねッ！　アルヴィンに従うやつは皆、死ねッッッ！」

エンデアの駄々っ子じみたヒステリックな叫びが、辺りに反響する。

「く――ッ⁉　そんなことはさせませんよッ！」

対し、イザベラが杖(つえ)を抜き、エンデアへ向かって構える。

「縛めよ(ティブ)・縛めよ(ティブ)・縛めよ(ティブ)――」

矢継ぎ早に、古妖精語(エスピリッシュ)で呪文を唱えていた、その時だった。

「あらあら、横やりなんて無粋ですわ、イザベラ様」

不意に、そんな声と共に、イザベラの横手に闇が急速にわだかまる。

その闇は蠢(うごめ)いて瞬時に人の形に結像し――イザベラへと杖を繰り出していた。

「――ッ⁉」

呪文を中断し、イザベラが咄嗟に杖を合わせる。

交差する杖と杖。

光のマナと闇のマナが、激しく火花を散らして散華（さんげ）する。

　現れたのは――

「フローラ!?」

「うふふ……魔法使いの相手は、魔法使いが務めるのが筋でございましょう？」

「くっ……」

「なにせ、古来より魔法使いは舞台裏の狂言回し……単純な武より、その存在そのものが厄介なものですから」

　イザベラと杖を交差させたまま、フローラが古妖精語（エスピリッシュ）で呪文を唱える。

「**来たれ・闇に潜みて毒牙剝く悍ましき輩達**（カム・ダ・デール・ルーキーン・ダルクス）――」

　すると、フローラの影から、ガサガサと不穏な蠢動（しゅんどう）音と共に、無数の何かが一斉に湧き出てくる。

　それは、蛇、蜘蛛（くも）、百足（むかで）、蛙（かえる）――ありとあらゆる毒蟲（どくむし）達だ。

　闇から産み落とされた大量の毒蟲達が群れを為（な）し、悍（おぞ）ましき津波となって辺りを呑み込まんと押し寄せて――

「**魔を退けし聖なる樹よッ！**（ホリア・エル・ウディア）」

　だが、今度はイザベラが、フローラと杖を交差させたまま、古妖精語（エスピリッシュ）で呪文を唱える。

するとイザベラを中心に柊の若木がみるみる群生していく。

聖なる柊の棘葉に触れた蟲達は、じゅっと白煙を上げて崩れ死んで行くのであった。

「あらあら？　この時代の魔法使いにしては、やりますわね？　イザベラ様」

「く……ッ⁉」

「ならば……このような業はどうでしょうか？　**黒の炎よ・——**」

フローラの杖先に、黒い炎が燃え上がり——

「……**清めの水よ・——**」

イザベラの杖先からは、清き水が溢れ出す。

魔女と巫女——希代の魔法使い達の魔法合戦が開幕する——

「シド卿！　フローラは、私がこの身命を賭して抑えます！　あなたは、アルヴィン王子をお守りください……ッ！」

「……わかった。そっちは任せた」

フローラを引きつれて、ばっ！　と距離を取るイザベラを尻目に見送って。

シドは正面を見据えた。

そこには——

「…………」

テンコが佇んでいる。

深く、低く、居合い抜きの構えを取り、闇のマナと殺気を漲らせ、シドとアルヴィンを見据えている。

「て、テンコ……」

アルヴィンはどうしたら良いのかわからず、シドとテンコを見比べて狼狽えている。

そんなアルヴィンを庇うように、シドが前に立ち、そして言った。

「なぁ、テンコ。暗黒騎士は、お前の故郷と母親の仇じゃなかったのか？」

「あー、そう言えば、そうでしたね。まぁ、弱いのが悪かったんですよ、きっと」

「……お前は戦うのが、恐いんじゃなかったのか？」

「ええ、恐かったですよ？　昔は」

に、と。テンコが口元を微かに笑みの形に歪める。

「でも、今はちっとも恐くありません」

「…………」

「シド卿ならわかるんじゃないですか？　今の私の力が」

テンコの黒き刀から、壮絶な闇のマナが溢れ、テンコを満たしていく。

「闇の力って凄いですね。正直、今までシド卿に感じていた圧を、今はちっとも感じません。きっと、今の私の方がシド卿より強いです」

「…………」

「あは、あははは……どうして、私は闇の力を忌避していたんでしょう？　強くなろうと無駄な努力をしてたんでしょう？　こんな……こんなに簡単なことだったのに……」

そんなうっとりと陶酔しきったようなテンコに、シドがため息を吐く。

「バカ弟子が。わかりやすく闇に呑まれやがって」

「し、シド卿……一体、どうすれば……？」

アルヴィンが、シドの背中へ不安げに問う。

「テンコを正気に戻す方法はあるんですか……？」

だが、その問いに答えたのは――

「ないわよ」

高みの見物を決め込むエンデアであった。

「知らないの？　一度、黒の妖精剣を受け入れて、魂が闇に墜ちた者は、二度と元に戻らないわ。つまり、テンコはもう私のものってこと！」

「――そっ、そんな……ッ⁉」

「あははっ、見物ねぇ⁉　あなた達が、私のテンコに為す術もなく無惨に殺された時、その死に顔はどんなかしら⁉　あはははははっ！」

「……くっ！」

アルヴィンが悔しさと絶望に震えていた……その時だった。

「下がってろ」

シドが弱気なアルヴィンを叱咤するように、力強く言った。

「まだ、手はある」

そんなシドの言葉に、エンデアはぴくりと眉をつり上げる。

「はぁ？　何、温いこと言ってるの？　あなた、本当にそれでも伝説時代の騎士？」

どうも、エンデアはシドの態度に酷く苛立ったようだ。不機嫌さを隠そうともしない。

「じゃ、聞くけど？　古今東西、暗黒騎士に墜ちた人が、元に戻った例があった？」

「………………」

シドは無言。感情の読み取れない表情で、何も答えない。

そんなシドの様子に、我が意を得たりとエンデアが蔑むように、にやにやと笑う。

アルヴィンが唇を噛む。

（エンデアの言う通りだ……ッ！　一度、暗黒騎士になった人が、正気に戻った試しはない……ッ！　つまり、テンコはもう……ッ！）

戻らない――戻れない――

アルヴィンの脳裏を浮かんでは消えていく、テンコの笑顔。共に過ごした日々。

硝子(ガラス)のように儚(はかな)く砕け散っていく、思い出達。

あまりの絶望に、アルヴィンは世界が足下から崩壊するような感覚を覚えるが。

「〝騎士は真実のみを語る〟」

シドは、ただ古き騎士の掟(おきて)を唱えていた。

「シド卿……？」

「アルヴィン、忘れたか？　俺はお前に誓ったぞ。……〝必ず連れ戻す〟と」

そう語るシドの背中はとてつもなく大きくて。

「あ……」

アルヴィンはただ、それを呆(ほう)けたように見つめることしかできない。

「だが、今回に限っては、お前の力が必要だ、我が主君」

「……え？」

「お膳立ては俺がする。しかし、最後の一手……それは、テンコの主君たるお前がやらねばならない。それはお前にとっても、テンコにとっても必要なことだ」

「ぼ、僕が……？　そ、それは一体……？」

「……なーに、その時が来ればわかる。お前は、心のままに動けばいい」

そう言って。

シドは前に出て、改めてテンコと向き合うのであった。

「はぁ……もう、いい加減、ご託はいいかしら？」

頭上でエンデアが、うんざりしたようにぼやく。

「ああ、いいぜ？　そろそろ始めようか」

すると、エンデアがヒステリックに叫んだ。

「ふんっ！　なら、我が忠実なる暗黒騎士テンコッ！　王命よッ！　私に逆らう愚か者達を皆殺しにしてしまいなさいッ！　今のあなたならできるわッ！」

──その瞬間。

「御意」

テンコが極端な前傾姿勢で、放たれた矢のようにシドへ突進してくる。

その速度を余すことなく乗せて、抜刀一閃。

あまりの速度に残像するテンコの斬撃を──

「──ふっ！」

悠然と迎え撃ったシドが、拳で受け止める。

刹那、衝撃音。剣圧と拳圧が激突し、逃げ場を求めて周囲へと四散した。

「くぅ──ッ⁉」

びゅごお、と吹き荒れる嵐に、アルヴィンが目元を腕で庇う。

そして──

「やれやれ……これで二度目か」

至近距離でテンコを睨み付けながら、シドは不敵に笑った。

「何度だってやってやるさ、我が主君のためならば」

互いに示し合わせたように跳び離れて。

シドとテンコは、正面から打ち合い始めるのであった──

────。

「はぁあああああああ──ッ！」

テンコが駆ける。

その全身に闇のマナを漲らせて、シドへ向かって真っ直ぐ疾駆する。

先手を取ったのは、テンコだ。

大上段から稲妻の如く振り下ろされたテンコの黒刀が、シドの脳天を襲う。

その刀身には、見るも悍ましき暴力的な闇のマナが漲っている。

「ふ――」

シドが身を捻って、それをかわし――貫手を繰り出すも。

テンコは信じられない反応速度で黒刀を切り返し、貫手をはね上げ。

「――はっ！」

そのまま、刹那に鋭く半歩踏み込み、シドの胸部へと深く鋭く斬り込む。

ばっ！　瞬間の攻防に上がった、シドの血華。

「……ッ⁉」

シドは一旦、間合いを取ろうと跳び下がるが――

「……逃がさない！」

テンコがシドの動きに合わせて踏み込み、間合いを取らせない。

「てぇやぁあああああああ――ッ！」

そのまま、テンコが踊るように三度斬り込む。

下段(アルベア)を払い、左足を軸に回転して斬り込み、跳躍、旋転――上段(フォムターク)から斬りつける。

「――ッ⁉」

ドバッ！　ザクッ！　盛大に咲く血華。

シドの身体(からだ)が次々と刻まれ、その威力で身体が吹き飛んでいく。

返り血がテンコの顔や髪を、びしゃりと濡(ぬ)らす。

吹き飛んだシドの身体は柱に叩(たた)き付けられ、盛大に柱を倒し、大量の粉塵(ふんじん)を上げた。

「シド卿(きょう)⁉」

上がるアルヴィンの悲鳴。

と、その時だった。

バチィ！　もうもうと舞う粉塵の向こうから、地面を稲妻の線が瞬時に走った。

刹那、シドがその稲妻の線路上を雷速で駆け抜け、テンコへと迫る。

伝説時代、シドを《閃光(せんこう)の騎士》と言わしめた【迅雷脚(じんらいきゃく)】だ。

雷光と一体化したシドは、闇を裂いてテンコへ左手を繰り出す。

が――斬り裂かれたテンコの姿は、次の瞬間、ぐにゃりと歪み、闇へと溶けていく。

そして、【迅雷脚】が尽き、一瞬動きが止まったシドの背中に。

ザンッ！　上空から舞い降りたテンコが、的確に斬撃を浴びせていた。

「甘いですね！　黒の妖精魔法【幻夢月】――それは幻ですっ！」

テンコは空中で身を捻り、着地と同時に猛然と蹴りを仕掛ける。

「ぐ――ッ⁉」

どんっ！　背中を猛烈に蹴られたシドが、地べたを転がっていく。

途中、シドが地に手をつき、素早く体勢を立て直し、テンコへ向き直るが……

「ち……」

まだ戦いが始まって、一分も経過していない。

だが、シドはもうすでに全身を斬り刻まれ、血塗(ちまみ)れであった。

「……その程度ですか？」

そんなシドへ、蔑むように吐き捨てられるテンコの呟(つぶや)き。

「その程度で、私に偉そうに師匠面(づら)してたんですか？　……がっかりです」

テンコは蔑むような目で、シドを見据えながら、再び刀を構える。

アルヴィンには、信じられなかった。

テンコが、シドを完全に圧倒しているという、その目の前の事実を――

「そ、そんな……今のテンコには、シド卿でも勝てないの……ッ⁉」

固唾を呑んで見守っていたアルヴィンが、唖然(あぜん)としながら言った。

「あっはははははは⁉　驚いたぁ⁉　どう⁉　これが黒の妖精剣……あなた達が忌避してやまない闇の力よ⁉」

反対側の壁の凹みに腰かけ、高みの見物を決め込むエンデアの哄笑が反響する。

「もっとも、闇の妖精剣を初めて握って、ここまで力を出せる子は珍しいわ！　やっぱり私のテンコは天才暗黒騎士だったのよ！　私こそ彼女の主君に相応しいってこと！」

「く……そんなこと……ッ！」

「テンコの暗黒騎士の才、そして、黒の妖精剣の力が強まるこの闇の領域！　ここなら、たとえ相手があの《野蛮人》だろうが、目じゃないわぁ！　ほら見なさい！」

そんなエンデアの大歓喜を証明するかのように。

「いいいいいいやぁあああああああああ──ッ！」

テンコの神速の居合い抜きが、横一文字一閃。

すれ違いざまに、シドの岩のような脇腹を鋭く抉り斬る。

ばしゅ！　再び派手に上がる血飛沫。

がくり、と。ぐらつくシドの身体。

「あ、ああ……ッ⁉」

それを見守るアルヴィンは、目を背けたい衝動を必死に堪えるしかない。

「さすが、私のテンコ！」

一方、エンデアは喜色満面の大興奮だ。

「何よ、あの音に聞く《野蛮人》ってその程度だったわけ？　全っ然、大したことないじゃない⁉　あっはははは──ッ！」

エンデアの哄笑が不協和音を奏でる中。

「はぁあああああああ──ッ！」

「……ッ！」

テンコは、防戦一方のシドをさらに攻める、攻める、攻め立てる。

脇腹を切りつけ、肩を突き刺し、刻んで、刻んで、刻みまくる。

シドはたちまち、全身血塗れになっていくのであった──

──────。

シドの戦いを見守るアルヴィンは、愕然としていた。

（あのシド卿が、手も足も出ないなんて……ッ⁉）

仕掛ける攻撃は悉くテンコに捌かれ、テンコが返す刀は悉くシドを捉える。あの鬼神のように強い、伝説時代最強の騎士が為す術もない。

最早、深く考えるまでもなく、とある一つの事実が浮上する。

それは、今のテンコのほうが、シドよりも圧倒的に強いのだ。

（シド卿は、何かを狙っているようだけど……これじゃ……ッ！）

その何かなど、上手くできるはずもない……

闇の妖精剣の力は、それほどまでに強かったというのか。

あるいは――

（テンコ……君が抱えていた闇は……それほどまで深かったの？）

曰く、黒の妖精剣は、心の中の闇を力に変える剣だという。

ならば、このテンコの凄まじい力は。シドすら圧倒するこの力は。

（結局……僕は……自分のことしか考えてなかった……）

今ならはっきりとわかる。自分はテンコに甘えていたのだ。

（あの雨の時のことだって……テンコが、僕の騎士になる道を選んでくれたことを嬉しく
思うばかりで……テンコの本当の気持ちになんて向き合ってなかった……）

アルヴィンが悔恨と共に剣の柄を握りしめる。

（僕は男として、この国の王にならなくちゃいけなくて……味方が少ない中、その重責に

必死に耐えなくちゃいけなくて……でも、幼なじみのテンコだけは、無条件で僕に味方してくれるのだと、勝手にそう思ってたんだ……ッ！

僕はテンコにだけは、ずっと傍にいて欲しくて……だから、テンコが苦しんでいることに目を瞑ってた……僕は……ずっと、ずっとテンコに甘えていたんだ……ッ！）

その身勝手な甘えの結果が――


「あははは っ！　弱い！　弱すぎますよ、シド卿ッ！」

「……ッ！」

「見てくださいよっ⁉　別にあなたなんか居なくたって、私、こんなに強くなれたんですよっ⁉　これが私の本当の力ですっ！　あっはははは――ッ！」


――ああして、嬉々としてシドをいたぶる親友の歪んだ姿だ。

もう、かつての気高くも優しかったテンコの姿は見る影もなかった。

（一度、暗黒騎士に墜ちた者が、戻って来ることはない……）

ならば、いずれテンコは、他の暗黒騎士達同様、己の我欲や渇望のために、殺戮を繰り返す血塗られた存在へと化すのだろう。

黒の妖精剣を握ったばかりで、これほどの力を発揮できるのだ。

このまま、テンコが暗黒騎士として成長すればどうなるのか……考えたくもない。

きっと、彼女の存在は、いずれ大いなる脅威となるに違いない。闇の尖兵(せんぺい)となった彼女が、この国と民に、どれだけの犠牲を出すことになるか計り知れたものではない。

(それならば……いっそ……)

アルヴィンは苦渋の思いで、そっと己の剣を抜いた。

王ならば、民のため、時に非情な決断を下さねばならないことがある。

それは王の義務であり、宿命だ。それこそ逃げや甘えは許されない。

(いずれ、テンコがこの国の敵となるなら……テンコに罪なき民を殺させるくらいなら……いっそのこと、僕の手で……ッ!)

涙で滲(にじ)む視界の中、アルヴィンは、シドを圧倒するテンコを見据える。

今のテンコはシドを斬り刻むことに夢中だ。シド以外、眼中にない。

頭上を見れば、エンデアも、そんなテンコに手を叩いて大喜びしているだけだ。

イザベラとフローラは、相変わらず離れた場所で壮絶な魔法合戦を繰り広げている。

誰もアルヴィンに注意を払っておらず、アルヴィンだけがフリーに動けた。

ならば──

（僕なら……上手く不意を突けば、テンコを仕留めることができるかもしれない）

この手でテンコを殺す。

今まで、ずっと苦楽を共にしてくれた親友を、自分が仕留める。

想像しただけで全身が震え上がる。頭を抱えて泣き叫きたくなってくる。

どうしてこんなことになってしまったのか？

本当は、別にテンコが自分の騎士になってくれなくたって、良かった。

ただ、彼女が傍にいるだけで、幸せだったのに。

どんな困難や苦難にも耐えられると、そう思っていたのに──

（でも……ッ！　今は、僕がやらないと……僕がやらなきゃ……ッ！）

震えながら、それでもアルヴィンは、シドとテンコの戦いの行方を見守る。

必要なのは──隙。

テンコの注意の全てがシドへと向かい、アルヴィンへ背を晒す、ほんの一瞬の隙。

その隙に、今のアルヴィンに為せる最速で駆け抜けて──この剣をテンコの心臓へ突き立てる。それだけだ。

（僕は……王だから……皆を……民を守らなきゃだから……だから──……ッ！）

見る。

アルヴィンは静かにウィルを燃やし、全感覚を極限まで高めて、テンコを見る。

相変わらず、テンコは、シドを一方的に痛めつけている。

テンコが刀を振るう都度、シドの身体が刻まれ、血飛沫が舞う。

両者の立ち位置は、その一方的な戦いの流れのままに流転する。

まるで二人で踊るように、その立ち位置は入れ替わり、立ち替わり——

——。

——やがて。

流れのまま、テンコが、アルヴィンに完全に背を向ける——その時が来る。

テンコが、シドへ向かって全身全霊の一撃を放とうとする——その時が来る。

彼我の距離は約十数メトル。全神経を尖らせ、ウィルを高めきった今のアルヴィンならば一呼吸——一足一刀の間合いだ。

(……来た)

極限の集中力の中、時間が緩慢になったかのような錯覚の中。

アルヴィンは——悲壮な覚悟を決めた。

(ごめん、さようなら……テンコ……)

そうして。

アルヴィンが、テンコの背に向かって。

放たれた矢のように一歩を踏み出しかけた──その時だった。

──その一瞬、アルヴィンには確信があった。

黒の妖精剣に呑まれ、確かに強大な力を得たテンコだが、老獪なる歴戦の猛者というわけではない。彼女は戦士としては、まだ半人前。

ゆえに、アルヴィンに対して致命的な隙を晒し──その刹那ならば、アルヴィンが不意討ちでテンコを仕留めることはできたはずだった。その必殺の確信はあった。

だが、アルヴィンは──動かなかった。

否──動けなかった。

「……ッ⁉」

必殺の確信に衝き動かされていたアルヴィンを留めたのは──シドだった。

シドが、テンコの向こう側から、アルヴィンを見据えている。

シドの、その真っ直ぐな瞳が。燃えるような意志の光を秘めた瞳が。

今、まさにテンコが放った全身全霊の一撃に斬られている最中——シドはアルヴィンだけを見つめている。

アルヴィンに、目で何かを訴えている。

(あ……)

途端、アルヴィンは己を恥じた。今まで、自分一人で思い詰めて、悲壮感に酔い、安易に最悪の決断を下そうとしていた己を、心底恥じた。

(僕は……一体、何をしようとしていたんだ……ッ⁉)

急に冷静になる。

(シド卿は言っていたじゃないか！　〝騎士は真実のみを語る〟って！　臣下を信じず、僕は勝手に何を……ッ⁉　それこそ、王失格じゃないか……ッ！)

がり、と。アルヴィンは歯噛みして、
抜いた剣をくるりと回転させ、ざくりと地に突き立てて握りしめる。

そして、今も尚、戦っているシドを強く、真っ直ぐに見据えた。

「……ッ！」

アルヴィンから語られる言葉は何もない。

ただ、〝あなたを信じる〟と。アルヴィンは、瞳でそう強くシドへ訴えかけた。

すると。

そんなアルヴィンから、何かがシドへと伝わったのか。

「……ふっ」

戦いの最中、シドは微(かす)かに口元を笑みの形へと歪めて。

そして、そのまま、正面から神速の三段刺突を放ってくるテンコをかわす——

——。


こうして、シドとテンコの戦いは延々と続いた。

アルヴィンは、ただ、その戦いを見守り続けた。

テンコが大上段からシドを斬り付ける。

シドが腕を交差させて、それを受ける。

刃が腕に喰(く)い込み、飛び散る血。

テンコが素早く切り返す、シドの足下を斬り払う。

咄嗟(とっさ)にシドが身を引くが、かわしきれず、太股(ふともも)から血が噴き出す。

すかさず、テンコがその身体を旋転させ、斜めに斬り込む。

シドの胸部を的確に捉えるテンコの刀。
バランスを崩され、シドが胸部から出血しながら、転がっていく。
思わず息を呑むアルヴィン。
歓声を上げるエンデア。
手をついて黙って起き上がり、身構えるシド。
再び、シドへ神速の踏み込みで肉薄するテンコ。
踊るように翻る剣線。斬り付ける、斬り付ける、斬り付ける。
シドは拳でそれを受け流していくが、受け流しきれない。
少しずつ、確実に身体を刻まれていく。流れていく血。
最中、辛うじて反撃の拳を繰り出すシド。
だが刹那、それをテンコは刀の鎬で切り落とし、強烈なカウンター。
裂けるシドの拳。
同時にシドの右肩にテンコの刃が、ざくりと食い込む。
がくん、と。シドの身体が崩れかけ、苦痛に表情を歪める。
にやり、と。薄ら寒く笑うテンコ。
刀を切り返し、テンコがさらに猛然と攻める。

激突する刀と拳。凌(しの)ぎ合う刀と拳。ぶつかり合う刀と脚。

刀と拳が交差する最中、テンコがふと間合いを取り、古妖精語(エスピリッシュ)を叫ぶ。

振るわれた刀から黒い炎が噴き出し、シドへと叩(たた)き付けられる。

その渦巻く黒い炎嵐の衝撃と焦熱が、シドを叩きのめす。シドを焦がす。

たまらず、横飛びにその場を離脱するシド。

だが、それを見越して風のように先回りしていたテンコが、刀をしなやかに振り抜く。

どばっ！　シドの背中から上がる血華(けっか)。

血。血。血——

アルヴィンは見ている。それを見ている。

ぎゅっと、地に突き立てた剣の柄(つか)を握りしめながら、それを見ている。

そんなアルヴィンへ、テンコが見せつけるように、シドを斬り付ける。

斬撃、離脱、斬打、離脱、刺突、離脱——

疾(と)く細かな一撃離脱を繰り返し、斬、斬、斬、斬。

テンコの姿が、シドの前後左右に現れては消え、現れては消え、残像する。

残像する都度、シドの身体が刻まれていく。

だが、刻まれても刻まれても、シドは真っ直ぐテンコへ向き直る。

幾度となく膝を地につかされるシド。
幾度となく倒されるシド。
幾度となく転がされるシド。
だが、その度、シドは淡々と立ち上がる。
立ち上がって、テンコへと真っ直ぐ、立ち向かい続ける。
最早、勝負にもならぬ勝負に、操り人形のように挑み続ける。
そんなシドの無様な姿に、手を叩いて大喜びのエンデア。
そんなシドの滑稽な姿に、哄笑するテンコ。
そして、シドが起き上がる都度、より強く、より激しく、シドへ斬撃を浴びせる。
人がまるで試し斬りの巻き藁のように斬られ続ける、凄惨極まりないその光景。
アルヴィンは見ている。じっとそれを見ている。
目を逸らしたい衝動を必死に抑える。
震えながら、その表情を悲痛に歪めながら、それを見ている。
今にも飛び出して、割って入りたい衝動を必死に堪えながら、それを見ている。
なぜなら――シドは立って、戦っている。
アルヴィンに忠義を誓う、アルヴィン第一の騎士が、まだ戦っている。

その背中で〝俺に任せろ〟と、何よりも雄弁に語りながら。
血塗れになりながら、なます斬りにされながら、それでも尚、退かず、戦っている。
「…………ッ！」
ならば、アルヴィンは堪えるしかない。
最後まで信じて、見届ける以外に有り得ないではないか。
シドが斬られる都度、自身の身を斬られるような痛みが、アルヴィンの心を苛む。
だが、そんな物は甘えだと、アルヴィンは、ぎりと歯を食いしばる。
こんな痛み、シドの痛みと比べれば、痛みと呼ぶのもおこがましいではないか――
（シド卿……ッ！）
何もできないアルヴィンに、今、できること。
それは、ただ、シドの戦いを見守るだけだ。
ただ、シドを信じ続けるだけだ。
（……シド卿……シド卿……ッ！）
その目を逸らしたくなる光景から、決して目を逸らさない。
それだけが、今のアルヴィンにできる彼自身の戦いなのだから――

そして――

――――。

――その時は……ついに訪れた。

「いいいいやぁあああああああああ――ッ！」

テンコの旋風のような右斬り上げが、シドの身体を一際深く捉えていた。

テンコの気剣体が完全一致した、会心の一撃だった。

「――ッ!?」

シドの身体が血をまき散らしながら、空高く宙を舞う。

その身体は、完全に脱力しきって、ぐったりとしており……

どしゃっ！

ただ、重力に従って落下し、シドの身体が地に叩き付けられる。

何の受け身もなく、二度、三度、バウンドし、転がっていく。

やがて、その身体が止まった時。

まるで地面に、打ち捨てられた人形のように倒れ伏す、シドの姿があった。

最早、シドは完全に沈黙し、ぴくりとも動かない。

息すらしていないように見える。

「し、シド卿(きょう)——ッ⁉」

ついにアルヴィンも忍耐の限界を超え、思わず叫んでしまう。

居ても立ってもいられず、倒れ伏すシドへ駆け寄ろうとする。

だが、そんなアルヴィンを押し止(とど)めたのは——

「どこへ行くんですか？　アルヴィン……」

疾風のように立ちはだかった、テンコであった。

「て、テンコ……ッ⁉」

「どうですか？　憧れの騎士様が、私に手も足も出ず、倒されてしまった気分は？」

そして、テンコはアルヴィンへとその黒刀の切っ先を向けた。

「でもまぁ、安心してください。次は、あなたの番ですから……」

「……くっ……ッ⁉」

テンコから突きつけられた鋭い殺気に、思わず後ずさりするアルヴィン。

「あらあら、ざまあないわね、《野蛮人》？　あなたがその程度だったなんて、正直、ガッカリだわ……うふ、あはははっ！」

高みの見物を決め込むエンデアは、ここぞとばかりの嘲弄の笑いを上げる。

「く……ッ!? 黒の妖精剣の前には、シド卿すら敵わないというのですか!?」

「余所見をしている場合では御座いませんわ」

悲痛な叫びをあげるイザベラへ、フローラが杖を繰り出す。

ざわざわ、と真っ黒な茨が、イザベラを捉えようと蔦を無数に伸ばし――

「ど、どいてくださいっ!」

イザベラが杖を振るえば、その杖先から炎が巻き起こり、茨を焼き払う。

だが、イザベラとフローラの魔法合戦は拮抗しており、どうしても突破できない。

イザベラは、その美しい貌を絶望的な表情に歪めるしかない。

そんな中――

「ふふっ……ッ! ふふふふっ! あー、本当に清々しましたッ!」

テンコが、アルヴィンに清々しく歪んだ笑顔で吐き捨てた。

「今だから言いますけどね……実は私、あなたが連れてきたシド卿のことが……ずっと、気にくわなかったんですよッ!」

「……て、テンコ……?」

目を瞬かせるアルヴィンを、テンコが憎々しげに睨み付ける。

「何が《野蛮人》ですか⁉　何が伝説時代最強の騎士ですか⁉　私の方が、ずっと、ずっと、アルヴィンと一緒にいたのにッ！」

「……ッ⁉」

「なのに、アルヴィンの一番の信頼も、アルヴィンの一番の騎士の座も、あっさり私から奪っていって！　あなたが気まぐれに連れてきた《野蛮人》のせいで、私がどんなに悩み苦しんだか……あなたにわかりますかっ⁉」

「……あ……」

「あなたのために、今までずっと重荷に耐えて、必死に頑張ってきたのにッ！　それなのにこの裏切り者！　裏切り者ぉっ！」

目尻に涙さえ浮かべて激昂するテンコの姿に、アルヴィンは絶句する。

これも……恐らく、テンコの心のどこかにあった、本音なのだ。

アルヴィンは、ただ、それを黙って受け止めるしかない。

「でも、もういいんです。私にはエンデアがいますから」

やがて、テンコは何かを吹っ切ったように、一笑した。

「エンデアは、アルヴィンとは違います。こんなに凄い力を私にくれました！　私のあらゆる恐怖と苦悩を取り除いてくれました！

ああ、今ならわかります！　私はエンデアに仕えるために生まれてきたんです！　そのために、あの時、生かされたんですよ！　あはっ、あははは……ッ！」

哄笑するテンコに、かつての前向きで気高い少女の面影など欠片もない。

〝あぁ、もう、この子は駄目だ〟

もう戻れない。他の暗黒騎士達同様、墜ちるところまで墜ちたのだ。

そんな絶望感が、アルヴィンを支配する。

「さて。そろそろ、お別れです、アルヴィン」

そして、テンコがアルヴィンへ向かって中段の構えを、深く低く取る。

その全身に致命的な殺気とマナを高め、漲らせていく。

「テンコ……ごめん……ごめんね……僕は……」

そんなテンコを前に、最早、抵抗する気力もなく、アルヴィンは頭を垂れる。

「遅いですから」

アルヴィンの謝罪を頑と突っぱねるテンコ。

そして、アルヴィンへ向かって、一歩踏み出しかけた……まさにその時。

ざっ……

そんなアルヴィンを背に庇うように、立ちはだかる者がいた。

「………」

シドであった。

「な──」

「し、シド卿……ッ⁉」

「はぁ……？　う、嘘よね……？」

その信じられない光景に、テンコも、アルヴィンも、エンデアすらも絶句する。

辛うじて地に立つシドは、全身ズタズタの血塗れ、完全に死に体だ。

膝がガクガクと震え、指で小突けば今にも倒れそう……そんな有様なのだ。

なのに、シドは立ち上がった。

立ち上がって、テンコに向き直っていた。

「……ま、まだ、立ち上がるんですか……？」

さすがのテンコも、そんなシドの姿に動揺を隠せず、声が震えている。

「あれだけ斬りつけて、それだけズタボロにされて、まだ……？」

すると。

ぐい、と。シドは口の端を伝う血を拭い……そして、不敵に言った。

「テンコ。お前……俺のことをそんな風に思っていたのか？」

「……？」

ぴくり、と。その狐耳を動かして眉を顰めるテンコへ、シドが続ける。

「ふっ、ははは……わかるぞ。俺もそうだった」

「な、何を……？」

「俺の騎士としての師匠も、もうアホみたいに強くてな」

動揺するテンコを前に、シドがおかしそうに肩を竦める。

「俺が何をやっても敵いやしない。本当に悔しくて腹が立つ、目の上のたんこぶだった。いつか必ず寝首を掻いてやると……あの頃は、いつもそう思ってたもんさ」

「……な、なんですか？　それ」

すると、テンコが苛立ったように、シドへと喰ってかかった。

「ひょっとして……この期に及んで、まだ私の師匠面するつもりなんですかッ!?」

「師匠面もなにも、俺はお前の師匠なんだが？」

に、と。シドが微笑する。

「何を……一体、何を言ってるんです……ッ!?」

ぎり、とテンコが刀の柄を握りしめる。

「もう、こんな私なんか、とっくに見限っているでしょう!?」

「見限る？　何をバカなことを。俺が、お前を見限るわけがないだろう」

「な⁉　一体、あなたは何を言って──ッ⁉」

ガシャン！　と。テンコが苛立ち混じりに刀で地面を叩くと。

シドはこう言い放った。

「〝騎士は真実のみを語る〟。あの夜、俺はお前に誓った。〝お前を見限らない〟と。お前が何者になろうが、俺は騎士の誓いを果たすだけだ」

そんなシドの力強い言霊に。

「……ぁ……」

一瞬、テンコの動きが固まった。

苦しげに頭を抱えて、何かを迷うような素振りを見せたのだ。

「……え？　テンコ？　なんで……？」

今まで、まったく言葉が通じなかったテンコの異変に、アルヴィンが愕然とする。

（おかしい……暗黒騎士に墜ちた者は、二度と元に戻らないはずじゃ……ッ⁉　なのに今、どうしてテンコは揺れたの⁉）

そんなアルヴィンを余所に、シドが続ける。

「なーに、お前のそのお年頃特有のイキりヤンチャなんか、かつての俺が師匠にうっちゃらかしたことに比べれば、可愛いもんだ」

「う……ぐ、……わ、私は……ッ！」

「ま、良い機会だ。お前が心の奥底にため込んでたもん、ここで全部吐き出しちまえ。受け止めてやるさ……師匠としてな」

「ち、違う……私は……私は……ッ！」

負傷の深さや数だけ見れば、シドが圧倒的に負けている。

だが——なぜか今や、その趨勢は完全に逆転しているのであった。

「な、何をやってるのよっ！　テンコ！」

途端、ヒステリックなエンデアの怒声が上がった。

「あなたは、私の騎士になってくれるんでしょう⁉　だったら、さっさと仕留めなさいッ！　また、恐怖や苦悩だらけの日々に戻りたいわけ⁉」

「——ッ⁉」

エンデアの叱咤に、なぜか迷いの色を見せていたテンコの表情が再び闇に染まる。

だが、その構えは……明らかに先ほどまでと比べて精彩を欠いていた。

「……やれやれ、ようやく効いてきたか」

訳知り顔でシドが零す。

「アルヴィン……そろそろ出番だ。テンコを任せたぞ？」

「……え？」

呆(ほう)けたような声を上げるアルヴィンの前で。

「我が黒の妖精剣《蝕月(しょくげつ)》……真の力を見せてあげます……ッ！」

テンコが黒刀を一振りし、鮮やかな手つきで鞘(さや)に収めて。

古妖精語(エスピリッシュ)で何事かを呟(つぶや)きながら、ゆっくりと深く低く、居合い抜きの構えを取った。

「**汝は闇夜に輝く闇より深き黒月(デ・ダルムーン・エル・ナイトナイト)・——**」

その瞬間。ずん、と辺りに奇妙な重力がのし掛かった。

テンコの全身から間欠泉のように闇のマナが噴き上がっては、辺りを真っ黒に染め上げていく。

世界が上下左右の概念を失い、真なる闇へと染まっていく。

「**——・その牙を虚と空の狭間に刺し入れては(クラウ・ステグ・ホーラ・スペシアス)・——**」

際限なく脹(ふく)れあがっていくテンコの存在感。溢(あふ)れる闇のマナ。

それに応じるように、頭上にこの暗闇より暗き深淵(しんえん)色に輝く月が形作られていく。

禍々(まがまが)しい月だ。そこに穴が開いたかのような漆黒の月。

あの月の下にいるのは拙(まず)い。あの月の黒い光を浴びるのは拙い。

理由もわからず、本能がそう訴える。

――猛烈なる死の予感を感じて。

「――無慈悲無惨に引き裂く者(リーパード・ルーソラス)なり！」

そして、その瞬間。

頭上に黒く輝く月が完成する。

禍々しい存在感と圧力で、その場を完全に制圧する。

間違いない、テンコのそれは――

「だ、大祈祷(きとう)⁉　黒の妖精剣の⁉　テンコはもうそんなものまで……ッ！」

愕然とするアルヴィン。

「あはははっ！　さすがね、テンコ！　やっぱり、あなたは天才暗黒騎士だわ！」

哄笑(こうしょう)するエンデア。

「し、シド卿(きょう)、逃げて！　あんなものを受けたら、いくらシド卿でも……ッ⁉」

だが、狼狽(うろた)えたようなアルヴィンの言葉に。

「俺を――信じろ！」

シドはただ、力強くそう応じ、テンコと正面から真っ直(す)ぐ向き合うだけだ。

そして、そうしている間にも。

テンコの闇のマナは高まって、高まって、昂ぶって——

テンコの存在感は巨人のように脹れあがって——

そして——全霊で番えられた必殺の矢が放たれるその時が——来る。

「黒の大祈祷！　【空断ツ禍月】ッ！」

テンコが高まった全ての力を解放し、突進した。

闇のマナの炸裂が超加速させるテンコのその姿は、まさに黒い閃光だ。

あまりの速度に、地が裂け、空間そのものが裂け、生じた隙間を黒に塗り潰す。

そこはテンコが支配する絶死空間だ。

なにせ、あの黒月の下では、あらゆる防御が無意味、あらゆる回避が不可能。

あの黒月の輝きは〝斬った〟という結果を作る輝きなのだから。

そして——シドへ肉薄したテンコが、至近距離で黒刀を抜く。

抜き様に描かれる剣線が、シドを襲う。

シドは身構えたまま、迫り来るテンコの殺人剣を前に、まったく微動だにせず——

テンコの黒刀は——シドの身体を、頭上の黒月ごと斬り裂いていた。

「し、シド卿――ッ⁉」
アルヴィンが悲壮な叫びを上げる。
頭上の黒月が真っ二つに割れると共に、世界が元に戻る。
だが、シドの身体は深く斬り裂かれ、血飛沫が盛大に上がった。
返り血が、テンコの身体を、刀を、ベッタリと濡らす。
駄目だ――もう完全に終わった――
アルヴィンがそう歯噛みした……まさに、その時だった。

ちっ！

シドの血に塗れたテンコの刀が、不意に炎を上げて発火したのだ。
眩く白い、光の炎だ。
「えっ⁉」
それを皮切りに、テンコの全身を染めていたシドの血が、一気に白く燃え上がる。
テンコの全身が、あっという間に、白焔の火達磨と化す。
されど、その白炎は、テンコの身体そのものを焦がすことはなく――

テンコの全身にベッタリと纏わり付いていた、闇のみを焼き払って浄化していく。

「な……ぁ、あ、あ、あああ……ッ⁉」

そして、白炎は火勢を強めるままに、テンコの手にする黒の妖精剣を、ボロボロと崩していく……その圧倒的な闇の力を、どんどんと焼き尽くしていく。

「い、一体、何が……？　あの白い炎は一体……ッ⁉」

エンデアすら、テンコに起きたその予想外の事態に目を瞬かせている。

そして、目を瞬かせているアルヴィンが見れば。

向こう側で、力尽きてゆっくりと崩れ落ちるシドが……アルヴィンに向かって、声にならない何かを呟いていた。

それは。その唇の動きは……

い、け。……行け。

「……ぁ……」

そんなシドのメッセージに、アルヴィンは──

「何、これ……なんですか……ッ⁉　私の黒の妖精剣が……崩れる……ッ⁉」

一方、テンコは戦いの最中であることも忘れ、狼狽えきっている。

「私……私は、一体……ッ⁉」

だが、狼狽えつつも、テンコの闇に曇った目には、理性の光が戻りつつあった。

しかし——

「——何をやってるのよ、テンコ！」

エンデアがヒステリックに叫んだ。

「あなたはもう戻れないのよ⁉」

「——ッ⁉」

「あなたは私の騎士でしょう⁉　私の騎士になってくれるんでしょう⁉　また、恐怖や苦悩だらけの日々に戻りたいわけ⁉　力が欲しくないわけ⁉」

「そ、そうだ……私……は……ッ！」

エンデアの言葉に応じるように、テンコの握る黒刀から再び、闇のマナが溢れ始める。

溢れる闇のマナが、白炎を押し返そうと漲っていく。

再び、闇色に濁っていくテンコの目。

安堵したように息を吐くエンデア。

だが、そこへ——

「ぁあああああああああああああああああ——ッ！」

背中を蹴られたような勢いで、アルヴィンが剣を構えて突進していた。

今こそ全身全霊のウィルを燃やして――テンコへ向かって、真っ直ぐ駆け抜ける。

「テンコォオオオオオオ――ッ！」

「――――ッ⁉」

アルヴィンの接近に気付いたテンコが、黒刀を構えた。

そして、どこか迷いと焦燥、苦悩が入り混じった目でアルヴィンを見据え、再び闇のマナを黒刀からひねり出そうとする。

アルヴィンを迎え撃たんと、身構える。

「あ、アルヴィン……ッ！　私は……あなたが……あなたのことが……ッ！」

その黒刀から、白炎を吹き飛ばす勢いで闇のマナが立ち上りかけた……その時。

「それでも――君は、僕の大切な友達なんだッッ！」

そんな有無を言わさぬアルヴィンの言葉に。

「……ぁ……」

テンコの動きが、一瞬、呆けたように止まって。

立ち上りかけていた闇のマナの勢いが止まって。

次の瞬間——アルヴィンの剣と、テンコの刀が真正面から交差していた。

噛み合う刃と刃。爆ぜる黒と白のマナ火花。

衝撃で四散する剣圧が、周囲を嵐となりて唸り——

アルヴィンとテンコがすれ違う。

——刹那。


ぱきぃんッ！


乾いた金属音が鳴り響き——

テンコの黒刀——黒の妖精剣が、根元から折れ飛んでいた。

「……う……？」

唖然とした顔のテンコ。

「……ッ！」

背中合わせで剣を振り抜いた格好のアルヴィン。

次の瞬間。

ばっ！　と。テンコの身体を覆う闇のマナが、完全に吹き飛ぶ。

テンコの柄の折れた黒刀が、黒い霧に解けて消滅していくのであった。

「………………」

しばらくの間、テンコは呆けたように、棒立ちしていたが。

やがて。

「……わ、私……私は……」

テンコの目から、自然と涙が溢れ……

「今まで……一体、何を……やって……？」

そして、そのまま、がくりと膝を折って俯き、自分の両手を見つめる。

「な、なんで……私……あんな……あんな酷いことを……？」

そう呆けたように呟くテンコに、もう、あのべったりと纏わり付いていた闇はない。

正気に戻ったテンコが、そこにいた。

「よ。目は覚めたか？　まったく、お寝坊な弟子だ」

くしゃり。

そんなテンコの頭を撫でる、大きな手。

テンコがつと見上げれば……そこにはシドが、しっかりと二の足で立っていた。

全身、斬り刻まれて血塗れだが……そんな負傷をまるで感じさせない、堂々たる佇まいで、シドがテンコを見下ろしている。

「あ……し、師匠……？」

何と返したら良いかわからず、テンコが目を伏せると。

そんなテンコに飛びつくように抱きつく者がいた。

アルヴィンだ。

「あ、アルヴィン……？」

「テンコ！　よかった！　元に戻ったんだね⁉　よかった、本当に……うぅっ」

アルヴィンは涙を浮かべながら、そんなテンコをきつく抱きしめ続ける。

シドは、そんな二人をしばらくの間、優しい目で見守って。

やがて、くるりと踵を返し、エンデアを見据えた。

当のエンデアは、唖然として口をパクパクさせている。

いかにも、一体、何が起きたかわからない……そんな感情がありありと見えた。

「何を……やったの？」

エンデアが絞り出すように問う。

「何、とは？」

シドが悠然と返す。

すると、エンデアがギリと悔しげに歯ぎしりして、吐き捨てる。

「とぼけないでッ！　私のテンコに一体、何をやったのよ⁉」

その目は、この世の全てを呪い殺さんばかりに、禍々(まがまが)しい光を爛々(らんらん)と放っていた。

「有り得ないわ！　どうして、テンコが元に戻っているのよ⁉　彼女の魂(ウィル)には黒の妖精剣を刺して、〝魅了(チャーム)〟まで使って、念入りに闇に染めたのよ⁉

もう、二度と元に戻るわけないのッ！　私の忠実な下僕になったはずなのッ！　なのに一体、なぜ⁉　一体、あなた、何をやったのよッ⁉」

そんなエンデアのヒステリックな叫びに。

「【聖者の血】だ」

シドがこともなげに答えた。

「せ、【聖者の血】……？」

「俺みたいな《野蛮人》には、随分とまぁ似合わない肩書きだが……俺は、とある神の祝福っつーか、呪いを受けていてな。俺の血には、闇を祓(はら)い清める力がある」

「は？　な、何、それ……？」

「だから、俺は、あえてテンコの剣を受け続けることで、俺の血を、その剣に吸わせ続けたんだ。おかげで相当量の血を使ったが……なあに、慣れたもんさ」

そんなシドの言葉に。

「……何よ」

エンデアが肩を震わせながら叫ぶ。

「何よ何よ何よ──ッ!? 何よそれ!? そんな力も魔法も聞いたことないわッ!」

悔しげに、怒り狂いながら叫ぶ。

「かりに、もし、それが本当の話だったとして、あなた狂ってるわッ! そんなの一歩間違えたら、自分が死ぬじゃない!? ふざけないでよ、なんなのよッ!?」

「そんなの、お前には関係ないだろ」

答えず、シドは一歩、また一歩と、エンデアへ向かって歩いて行く。

「言っておくが、俺は怒っている」

「……ッ!?」

「よくも我が弟子を、我が主君を弄んでくれたな。万死に値するぞ、下郎」

シドの言葉は決して荒らげられてはいない、むしろ穏やかとも言える口調だ。

だが、その奥底に、ふつふつと燃えたぎる致命的な怒りを感じさせる言葉であった。

「……ぅ」

一瞬、シドが放つ底知れぬ存在感に、エンデアは気圧され、後ずさりするが……

「う、うふふ……あははは……あっはははははははっ！」

やがて、思い出したかのように、余裕の高笑いを上げるのであった。

「何？　私を討つの？　戦うの？　そんなボロボロの身体で？　あはははははっ！」

「…………」

「しかも、私に有利なこの闇の領域で？　身の程をわきまえなさいっ！　下郎ッ！」

エンデアが古妖精語で呟くと、その傍に闇よりも濃い闇がわだかまり……エンデアはその中から、何かをずるりと引き摺り出した。

それは、細剣だった。いかにも禍々しい意匠の、凶悪な漆黒の細剣──

「ふふふ……どう？」

エンデアはそれをシドへ見せつけるように、その刀身に指を這わせる。

「これが、私の黒の妖精剣《黄昏》……世界最強の妖精剣よ？」

エンデアが抜剣した途端。

場の温度が一気に下がった。下がって、氷点下を振り切り、まだ下がる。

闇をも凍てつかせんばかりの闇の凍気がエンデアから放たれ、そしてエンデアの全身から圧倒的な量の闇のマナが立ち上っていく。

そして、暴力的なまでに脹れあがっていくエンデアの存在感。圧力。

並の人間なら、見るだけで全身が凍てつき、グシャグシャに押し潰されかねない、その絶望的な力。

先までのテンコの闇など、エンデアの闇とは、まったく比較にもならない。

比べることすらおこがましい、圧倒的な格の差であった。

「ふふっ、残念だったわね？　今の私、先の王都の動乱以来、かなり力が戻ってるの。もう、あなたなんか目じゃないわ」

世界が深海の底に沈んだかのような闇を纏うエンデアが嗤う。

どこまでも嗤う――

「…………」

「あはは！　どうしたの？　恐れた？　おののいた？」

「…………」

「ああ、今からでも、私に跪いて、靴でも舐めて忠誠を誓うなら、下僕にしてあげないこともないわよ？　だって、私、寛大だし？　うふふ、あはははっ！」

エンデアが、からからとさもおかしそうに嗤っていた――その時。

世界に轟く落雷音。

世界を塗り潰す闇が、一条の雷光によって斬り裂かれた。

「……え？」

気付けば、エンデアは空中へ吹き飛んでいた。

ちらりと見やれば、地面を一本の稲妻の線路が走っていて——その終点でシドが、雷を張らせた右手を突き出した前傾姿勢のまま残心している。

【迅雷脚】——さきほど、テンコ相手に使用したものとは、速度も威力も桁違いのものであった。

「こほっ……」

虚空で身体が無重力に包まれる最中、エンデアが血反吐を吐きながら考える。

「……え？　何、今の……？」

衝撃で一瞬飛んでいた、直前の記憶が蘇る。

地を這う稲妻と共に、閃光と化して突っ込んできたシドの一撃に、自分の闇が為す術なく蹴散らされ、吹き飛ばされた……その事実をエンデアが認識した瞬間。

重力に従って落下してきたエンデアの身体は、派手に地面に叩き付けられ、幾度となくバウンドしながら転がっていく。

「あぐっ⁉　いぎっ⁉　何……何なの……？」

苦悶の表情で、無様に地べたに這いつくばるエンデアへ。

「そんなものか？」

背を向けたまま、シドが顔だけ振り返ってエンデアを見下ろしている。

「なん……ですって……ッ⁉」

「そんなものか？　と聞いているんだ」

ぞくり。

この時、エンデアはシドに対して底知れぬ恐怖と絶望感を覚えていた。

「ふ、不敬な……ッ！　この私を……誰だと思って……ッ！」

だが、エンデアは激情に任せて立ち上がり、再び洪水のような闇を巻き起こす。

「よほど死にたいようね……ッ⁉　いいわ、殺してあげるッ！」

そして、漲る闇を纏い、エンデアは細剣を構えて、シドへ飛びかかる。

空間をねじ千切るような、恐ろしい魔速で飛びかかる。

「死になさい──ッ！」

——雷光二閃。

閃光と化して〆の字に世界を斬り裂いたシドに、闇は再び蹴散らされ、エンデアが激しく吹き飛ばされていく。

「きゃあッ⁉」

ばんっ！

何度も何度も地面をバウンドし、柱に叩き付けられて、ようやく止まる。

「……ぁ……？　え……？　今……私、確かに本気で……」

大の字になって、呆けたような顔で天井を見上げるエンデア。

「……嘘……」

もうすでに……エンデアは何もかもがボロボロであった。

肉体も、精神も。戦意も。

シドのたったこの二撃で、エンデアは何もかも打ち砕かれてしまったのだ。

そして、そんなエンデアに、シドがトドメとばかりに言う。

「知らなかったか？　騎士の——〝その怒りは悪を滅ぼす〟」

「…………」

エンデアは、無様に地面に這いつくばったまま、しばらく唖然としていた。

だが、やがて自分とシドの間に存在した、懸絶した格の差を理解するにつれて、エンデアの身体が、ガタガタと震え出す。

「今まで本気じゃなかったの……？　あのテンコを相手に手加減してたの……？」

「当たり前だろう？　あいつは俺の弟子だぞ？」

エンデアの呆けたような問いに、シドがさも当然と応じる。

「弟子を相手に、本気で殺しにかかる師匠がどこにいる？」

やがて。

「なんで……？　嘘……嘘でしょ……？」

エンデアは剣を杖代わりに立ち上がり、駄々っ子のように絞り出す。

「私の黒の妖精剣は最強なのよ……ッ⁉　私も力を取り戻した……ッ！　おまけに、シド卿はそんなにボロボロ……ッ！　なのに、なんで⁉　なんで、こんなわけわかんないほどの〝差〟があるのよ……ッ⁉」

この時、エンデアは悟る。猛烈に悟る。

あるいはこれが、この力こそが――

「こ、これが……伝説時代最強の騎士……なの……？」

そんな風に、呆けたようにエンデアが呟いた時。

幾条もの稲妻が激音を立ててエンデアへと伸び、その全身をからめとって縛り上げる。

その手から、エンデアが最強を自負する黒の妖精剣が呆気なく零れ落ちる。

「ぁ、ぁあああああああああ——ッ⁉」

全身を焦がして食い荒らす稲妻に、悶絶するエンデア。

稲妻で雁字搦めに縛り上げられたエンデアは、最早、身動きがまったく取れなかった。

「い、痛い⁉　痛いよぉ⁉　う、ぁあああああッ⁉」

「終わりだ、エンデア」

そんなエンデアの眼前で、シドがゆっくりと右手を構える。

壮絶な稲妻を漲らせた手刀を形作っていく。

「ひぃ⁉」

それを見たエンデアが、悲鳴を上げて、子供のように泣き叫び始めた。

「や、やだ！　やだぁあああああ——ッ⁉」

ジタバタ藻掻くが、エンデアの身体はやはり、まったく動かない。

「嫌っ！　やめて、また死にたくないッ！　もう嫌ぁあああ——ッ！」

「………」

「なんで⁉　なんでよぉ⁉　なんで、私ばっかり何もかも上手くいかないの⁉　こんなのあんまりじゃない⁉　うわぁああああああああん――ッ！」

命乞いなど聞かず、シドがゆっくりと狙いを定めるように構える。

シドには、とある一つの予感があった。

（この女は……危険だ）

確かに、今はまだ脅威と呼ぶにはほど遠い。だが、この少女の心の奥底には、テンコなど比にもならぬ、恐ろしく深く昏い〝闇〟が秘められている。

ゆえに、いずれ大いなる災厄へと成長するだろう……それは最早、確信だった。

どのみち、あの希代の大魔女フローラが、〝主〟と祭り上げる少女だ。世界の脅威たる闇の勢力にとって、この少女が最重要人物であることに間違いない。

ならば――放っておいてはならない。

残酷なようだが、ここで確実に始末しなければならない。

シドがいつものように雷光と化して踏み込み、右手を繰り出せば――エンデアの命はそれだけで終わる。全ての後顧の憂いを絶つことができる。

それゆえに、シドが深く腰を落として。

今、まさに、エンデアへ向かって、真っ直ぐ踏み込もうとした――その時だった。

「あなたは、あの《閃光の騎士》なのに、どうして、私は助けてくれないの？」

エンデアがそんなことを、言った。

涙に濡れた寂しげな瞳で。悔しさと悲哀の入り混じった呟きで。

「どうして……あなたはアルヴィンばっかり……」

「——ッ⁉」

一体、それが、シドのどんな琴線に触れたのか。

シドは微かに目を見開いて硬直する。攻撃を躊躇う。

否——躊躇いどころか、完全に攻撃の手を止めたのだ。

そして、その一瞬の隙を狙うように。

黒い猛火のボールが、頭上からシドへ叩き付けられた。

着弾、轟音。

上がる黒炎が渦を巻き、圧倒的火力で火柱を上げて天井を焦がした。

「……ッ⁉」

一瞬、早く跳び下がって黒炎の効果圏内から逃れたシドが、前を見据えれば——

「ぐすっ……ひっく、うう……」

「あらあらあら……こんなに傷ついて、可哀想に主様……お労しや……」

稲妻の拘束が解かれたエンデアを抱きしめる、魔女の姿があった。

「フローラか」

シドは前方に注意を払いつつ、ちらりと視線を移す。

そこには——

「申し訳ありません。抑えきれませんでした……」

魔法合戦で消耗し、傷ついたイザベラが、苦い顔で片膝をついている姿があった。

「いや、今まで耐えてくれてありがとうな」

シドはそう労って、視線をフローラへと戻した。

「挨拶が遅れましたわ、シド卿。ふふ、ご健勝そうでなによりです」

余裕の笑みを浮かべて、魔女——フローラが冷たく微笑んだ。

「それにしても、こんなに女の子を虐めて……あなたって悪い騎士ですわ」

「一度、戦場に立った以上、女も子供も関係ないだろ」

「あらあら、耳が痛い。まこと仰る通りで、くすくすくす」

楽しげにやりとりするフローラ。

「でもまぁ……あなた様が、本当にこの子を手にかけられたかどうかは疑問ですが？」

「………」

シドは無言。

「お互い積もる話は色々あるとは思うのですが……今回はこの辺りでお開きとさせていただきますわ。……ふふ、テンコさんを引き込めなかったこと……実に残念です」

「………」

「そうそう。この子はいずれ、北の魔国の御印となる大切な御方。……もし、逃さないというのであれば、私がお相手つかまつりますが……いかに？」

「………」

シドは無言で、フローラを睨み据え続ける。

「……その沈黙は休戦に同意、と取らせて頂きますわ」

すると。

泣きじゃくるエンデアを抱きしめるフローラの足下に、三角形の魔法陣が浮かび上がり……そこからわだかまる闇の中に、二人の姿がゆっくりと消えていく。

どうやら、いつの間にか脱出路も用意していたようだ。抜け目ないことこの上ない、実に嫌らしい魔女である。

「また……いつか、お会いしましょう、皆さん」

それを無言で見送る、アルヴィン達。

――そして。

フローラ達がいよいよ闇の中へ完全に消えようとしていた、その時だった。

「……許さない……」

ぼそり、と。地獄の底から響くような声で、エンデアが呟いた。

今まで俯いていた顔を……ゆらりと上げる。

すると、シドにやられた衝撃で緩んでいたのだろう……エンデアの顔の上半分を隠していた仮面が、ずるりと落ちた。

その素顔が、シド達の前で露わになったのだ。

「えっ⁉　そ、その顔は……ッ⁉」

「……そ、そんなことが……ッ⁉」

その瞬間、アルヴィンとイザベラは、現れたエンデアの素顔に釘付けになる。

エンデアのその顔は――

髪と目の色こそ異なるものの、その造作は、アルヴィンとうり二つだったのだ。

「絶対に、許さない……ッ！　アルヴィン……ッ！」

当のエンデアは泣きながら、アルヴィンと同じ顔で怨恨の吠え声を上げる。

「いつだって、あなたばっかりッ！　ついには、シド卿すら独り占め⁉　許さない許さない許さないッ！　いつか、あなただけは、必ず私がこの手で……ッ！」

そう一方的に言い捨てて。

エンデアはフローラと共に、何処へかと消えてしまうのであった――

「……エンデア……」

アルヴィンは何も返せず、ただ棒立ちするしかない。

「一体、彼女は何者なんだ……？　なぜ、あれほどまで僕を恨んで……？」

「……ま、気になるところではあるな。だが」

ぽん、と。

シドがアルヴィンの頭に手を乗せる。

「今、お前が向き合わなければならないのは、そっちじゃない」

「え……？」

アルヴィンが呆けたような声を上げた、その時だった。

「テンコ⁉　あ、あなた……一体、どこへ行く気なのです⁉」

イザベラが驚きの声を上げる。

アルヴィンが咄嗟に振り返れば……

「…………」

そこには、一人寂しげに肩を落とし、その場を立ち去るテンコの小さな背があった。

「テンコ！」

アルヴィンの叫びに、テンコがふと足を止める。

そして、その小さな背をカタカタ震わせながら、絞り出すように言った。

「ごめ、んなさい……アルヴィン……」

そして、ぼそぼそと呟き始めた。

「私……あなたに酷いこと言っちゃいました……酷いことしました……」

「…………」

「言い訳はしません……あれは操られたとか、言わされたとか、そんなんじゃなくて……やっぱり、私が心の底のどこかで、薄々思っていたことなんです……」

「…………」

「だから……私……もう……あなたの騎士になる資格なんてなくて……あなたの傍にいる資格なんてなくて……ぐすっ……」

ぼろぼろと。テンコの両目から涙がこぼれ落ちていく。

「私……もう……出て行きます……あなたの前から消えますから……だから……」

テンコが辛そうに、そう言葉を必死に絞り出して。

そのまま、坑道の闇の奥の方へ向かって、歩き出すと。

ぎゅっと。

弾かれたように駆け寄ったアルヴィンが、背中からテンコを抱きしめていた。

「……アル……ヴィン……？」

「もう……何も言わなくていいから……」

「…………」

「僕の方こそ、ごめんよ……僕は君が傍にいることが当たり前過ぎて……ずっと君に甘えていた……君のことなんか、ちっとも考えてなかった……」

「…………」

「……頼むよ、出て行くなんて言わないで……別に、私の騎士になってくれなくてもいいから……傍にいてよ……テンコ……お願いだから……」

「……う……」

堪らず、テンコがアルヴィンが回す手を握りしめる。

「……いいんですか……？　こんな臆病な私が……こんな弱くて情けない私が……？」

「そんなこと言わないで……テンコじゃなきゃ嫌だ……テンコがいなかったら、私……」

「アルマ……ぐすっ……ひっく……アルマ……」

「テンコ……ごめん……ごめんね……」

そうして。

二人は抱きしめ合いながら、泣きじゃくるのであった。

「ほっ……」

そんな二人の様子を見て、イザベラはほっと息を吐いて。

「……やれやれ、一件落着かな?」

シドはちらりと流し見て、背を向ける。

(しかし、フローラ……あいつ、わざとだな?)

そして、苦い気分でシドは物思った。

(あの図ったような救援のタイミング……予め計画していたような退き口……あいつは、エンデアが俺に追い込まれるまで、待っていた……恐らく、テンコを攫った時、闇のマナの痕跡を残したのも、恐らく、あいつが……)

全てはフローラが仕組んだこと。そうとしか考えられない。

そう考えれば、辻褄があってしまう。

（だが、一体、何のために……？　それに、エンデアとかいうあの女……まさか……）

事態は解決したとはいえ、今後の問題や不安は山積みだ。

（……関係ない。我が今世の主君に牙を剝くというなら……俺は何度だってそれを退け、へし折ってやるまでだ。……この命尽きるまでな）

胸に渦巻く嫌な予感を吹き飛ばそうと。

シドは決意も新たに、自身の魂へ誓うのであった——

終章　再出発

その日は、冴え渡るような青天。
眩い陽光が、キラキラと乱反射しては降り注ぐ。
今日も今日とて、ブリーツェ学級の生徒達の鍛錬は続く。
相も変わらず、騎士となるための険しい道。
生徒達が、そんないつもの道を歩む最中、ちょっとした変化があった。
それは——
「はぁあああああああ——ッ！」
「くぅううう——ッ!?」
鍛錬場で、二人の一年従騎士が壮絶に剣を交えている。
一人はアルヴィン。
そして、もう一人は——テンコだ。

「ふぅ――ッ！」

テンコが目にも留まらぬ速度で、アルヴィンへ斬りかかり、一手ごとに追い詰めている。

結果、テンコのウィルが激しく燃焼し、膨大なマナを全身へ通している。

テンコの速さと剣圧は、以前とは比較にならないほどに向上し、今やアルヴィンを完全に圧倒していた。

「やるね、テンコ！」

「アルヴィンこそっ！」

互いに不敵に笑い合いながらも、アルヴィンとテンコは幾度となく斬り結んでいく。

断続的に響く金属音。

無数に翻(ひるがえ)っては激突し、火花を上げる剣線。

「く――純粋な剣技のみの勝負じゃ、分が悪いね……ッ！」

テンコの手数についていけなくなったアルヴィンが跳び下がり、間合いを作る。

「でも、魔法の腕ならどうかな⁉」

「うくっ⁉　そ、そっちは分が悪いですが……望むところですッ⁉」

互いに剣を構えて、古妖精語(エスピリッシュ)を呟(つぶや)いて――

「はぁあああああああ――ッ！」

「たぁああああああああ——ッ！」

アルヴィンが剣から飛ばした風の刃と、テンコが剣から放った炎嵐が、真正面から激突し、爆風を上げて渦巻くのであった——

「すげえ……あの二人……」

「そうですわね……」

そんな競い合うアルヴィン達の様子を、クリストファー達が唖然と見つめている。

「て、テンコさん……あの一件以来、ウィルを使えるようになって……本当に化けましたね……ッ！」

「まったくですわ……まるで別人のよう……」

「ちくしょう！　俺達も負けてらんねえぜ！」

「……ふん」

そんなアルヴィン達を見て、クリストファーやエレイン、リネット、セオドールらは前向きな対抗心を燃やして、さらに熱心に鍛錬に励むようになり……

「……ふっ」

シドは、そんな生徒達を鍛錬場の隅で、温かく見守るのであった——

――――。

「……よう。最近、調子が良いじゃないか、テンコ」

休憩時間。

水飲み場で、一人水を飲んでいるテンコへ、シドが声をかけた。

「あ、師匠っ！」

テンコは顔を上げて、耳をピンと立てて、シドを振り返る。

パタパタとシドの前に駆け寄って、シドを見上げる。

「はいっ！　その、師匠のお陰ですっ！」

満面の笑みを浮かべるテンコの尻尾は、パタパタ左右に揺れていた。

「師匠のおかげでようやく、ウィルを摑めましたし……それに、まだ、騎士を目指していられますから」

「そうか。それがお前の選択なんだな」

「はい！」

そう。あの一件以来、テンコの中で、はっきりと明確になったことがある。

もう決してブレない、テンコの軸になったものがある。

それは――

「私は――やっぱり、騎士になります！　なりたいんです！　色々ありましたけど……やっぱりアルヴィンが大好きで、アルヴィンの力になりたいんです！」

「…………」

「私には向いてないのかもしれません。いつか、戦場で傷つき斃れ、騎士であることを後悔する時が来るかもしれません。それを考えるとても恐いです。……でも、この決断だけは後悔したりしません！　だから――」

テンコがそう必死にシドへ訴えかけていると。

ぽん、シドがテンコの頭を手を乗せる。

「……師匠……？」

目を瞬かせて上目遣いするテンコへ。

「騎士は――〝その心に勇気を灯す〟。……お前はもう立派な騎士だよ」

シドは穏やかにそう言うのであった。

「し、師匠……」

テンコは感極まったように目を潤ませる。

「ま、安心しろ」

シドはそんなテンコの頭をがしがし撫でながら、力強く言った。

「誓おう。俺がお前達を死なせはしないさ。この命にかけて守ってやる。そして、殺しても死なないくらいに、強く鍛え上げてやる。騎士は――」

「〝真実のみを語る〟、ですよねっ⁉」

「……わかってきたようだな」

そんなことを言い合って。

シドとテンコが穏やかに笑い合う。

「さて、戻るぞ」

「は、はいっ！」

踵を返して、鍛錬場へと戻ろうとするシド。

それを追いかけるテンコ。

だが、何を思ったのか……テンコは、ふと足を止める。

そして、何かを決意したように表情を引き締め、シドの背中へ言葉を投げた。

「あ、あの……師匠……ッ！」

「なんだ？」

シドが顔だけ振り返り、テンコを流し見る。

「まだ何か用か？」

「え、ええーと、その……」

シドに見つめられたテンコの顔がみるみるうちに赤くなっていく。

つい数秒前まで決意に引き締められた表情はどこへやら、今はすっかりあわあわと落ち着きがない。

「わ、私……あの時、師匠に助けられて以来、ずっと言いたいことがあって……」

「あの一件の礼か？　それならお前、俺がドン引きするくらい散々言ったじゃないか」

「い、いいえ、違いますっ！　そ、それとは別件で……ッ！」

最早（もはや）、テンコの顔は真っ赤で、茹（ゆ）でダコも同然だった。

「？」

「生まれてこのかた、剣ばっかりな私が、こんな気持ちになるなんて、勘違いかなって思ってたし……でも、やっぱり勘違いじゃなくて……ッ！」

「…………」

「でもでも、私と師匠は種族も違いますし……ッ！　ていうか、そもそもその前に、私なんか師匠に全っ然、釣り合ってないですしっ！　守られてばっかりの弱っちい分際で身の程知らずというか、おこがましいというかっ！　その、あの……」

「……つまり、なんだ？」

「えーとっ！」

再び意を決したように顔を上げて、テンコが叫ぶ。

「いつか……いつか、私が師匠から一本取れたらッ！　そ、その時、師匠にお伝えしたいことがあるんですっ！　聞いてくれますかっ⁉」

「……？」

シドはそんなテンコの物言いに、不思議そうに目を瞬かせて。

「別にいいぞ」

「本当ですか⁉　あ、ありがとうございますっ！」

テンコは、ぱぁっと笑って、飛び上がるのであった。

「なんだかよくわからんが、お前がそれでいいなら、それでいい」

シドがそんなテンコを見て苦笑する。

「だが、言っておくが……お前、今の成長ペースなら、俺から一本取れるようになるのは、そうだな……後、数十年ってところか」

「って、ぇぇぇぇぇぇぇぇぇぇぇぇぇぇ――ッ⁉　本当ですかぁ⁉」

「くっくっく……それが嫌なら必死に励むことだ」

「は、ははは、はいっ!? 頑張りますっ！」

こうしちゃいられないとばかりに。

テンコは、ぴゅーっと猛ダッシュで、鍛錬場へと駆け出すのであった。

「……ふっ、がんばれ、若人。お前達の血と汗と涙が、お前達の道を作るのだからな」

シドは、そんなテンコの背中を。

何か眩いものを見るような目で、温かく見送り続ける。

彼ら彼女らの長い道のりは、まだ始まったばかりであった――

あとがき

　こんにちは、羊太郎です。

　今回、『古き掟の魔法騎士』第2巻、無事に刊行の運びとなりました！　編集並びに、出版関係の方々、1巻を買ってくれた読者の皆様、どうもありがとうございます！


　さて、今回の話についてですが……

　第1巻を、伝説時代の騎士である主人公シドが、アルヴィンに対して、自身が剣を捧ぐに値する王の資質を問う話とするならば、第2巻は、テンコに対して、騎士を騎士たらしめるものは何ぞや？　と問う話になるでしょう。

　妖精剣こそ格が低いとはいえ、テンコという少女は、気高く、真面目で、騎士として誇り高く、アルヴィンに対して並々ならぬ忠誠心を抱く子です。そして、アルヴィンの一番の親友であり、常にアルヴィンのためにあろうと考える、とても健気な良い子です。第1巻でやたらシドに反発していたのも、アルヴィンを思ってこそのもの。

　だが、そんなテンコにも秘めたる葛藤があり、それが彼女の騎士としての資質に大きな影を落としています。

果たしてテンコは騎士たり得るのか。偉大なる先達であるシドの背中から何を学び取るのか……彼女の決意を見届けていただければ、作者冥利につきます。どうかよろしくお願いします。


それはさておき。

そろそろ、こんなツッコミが聞こえてきそうですね。

アルヴィンとテンコ……これって、ル○アとシス○ィーナじゃね？　と。

シャラアアアアップ！　違う！　違うんですよ!?

僕は決して、金髪と銀髪の女の子が大好きだとか、旧作からパクってやれとか、そんなことは全然考えていません！

これは全て必要性に迫られた、必然なんですよ！

いいですか？　ヒロインが金髪と銀髪なのは、非常に合理的なのです！

古来、金と銀という貴金属は、非常に美しく価値あるものの代名詞であり、その単語だけで無意識のうちに、人はそれらに対する畏怖や憧れを感じるものです！　それらをヒロインの髪の色にすることは、小説という文章で表現する媒体において、手っ取り早くヒロイン達の美しさを読者に伝える手段として最適なのです！

おまけに、金色は高貴な、銀色は神秘的なイメージがあります。つまり、それだけで、ヒロイン達の大雑把なキャラクター性や雰囲気を演出できる上に、イラストに起こした時に一発で視覚的な対比が取れます。これは非常に強い！　確かに、黒髪の女の子も良いんですけど、ラノベでは主人公の髪の色が黒髪になることが多いから、色覚的な対比が金髪銀髪ヒロインよりも取りにくい（と、羊は思っている）んです。

わかりましたか？　僕はこのような深淵な理由により、毎作、ヒロイン達の髪の色を、金髪か銀髪かのどっちかにしているわけです。仕方なく。

ま、まぁ、好きか嫌いかで言えば、金髪銀髪好きですけど……そ、それ以上に、小説の演出的なことを重視してるんです！　本当ですよ⁉

……とまぁ、僕の深慮なる創作ヒロイン理論を披露したところで、宣伝を。

ついに月刊コミックアライブ9月号より、コミカライズ版『古き掟の魔法騎士』発進です！　カワバタヨシヒロさんによる非常に熱量高いお話が展開されます！

もし、『古き掟』を気に入っていただけたのであれば、是非、そちらの方もチェックしてみてください！

また、僕は近況・生存報告などをtwitterでやっていますので、応援メッセージや作品感想など頂けると、単純な羊は大喜びで頑張ります。ユーザー名は『@Taro_hituji』です。

というわけで、どうかこれからもよろしくお願いします！

羊太郎

古き掟の魔法騎士Ⅱ

令和３年６月20日　初版発行

著者――羊　太郎

発行者――青柳昌行

発　行――株式会社KADOKAWA
〒102-8177
東京都千代田区富士見2-13-3
0570-002-301（ナビダイヤル）

印刷所――株式会社暁印刷

製本所――株式会社ビルディング・ブックセンター

ISBN978-4-04-073858-1　C0193